Barthle B. Boss

Forget Moamett

AF186662

Ich widme dieses Buch meinem guten Freund Rainer, der immer da ist, wenn Not am Mann ist. Vielen Dank für Deine tatkräftige Unterstützung bei der kreativen Cover-Gestaltung und Geduld mit dem pingeligen Boss. Ich finde: Jeder sollte einen Rainer kennen und wer noch keinen hat, der mag sich schleunigst nach ihm umschauen. Barthle B. Boss

Barthle B. Boss

Forget Moamett

Politisch total korrekt

Bibliografische Information der Deutschen National-bibliothek:
Die Deutsche Nationalbibliothek verzeichnet diese Publikation in der Deutschen Nationalbibliografie; detaillierte bibliografische Daten sind im Internet über http://dnb.dnb.de abrufbar.

© *2019 Barthle B. Boss*

Illustration: **Barthle B. Boss, Kurai**

Herstellung und Verlag: BoD – Books on Demand, Norderstedt

ISBN: 9783749465507

Inhaltsverzeichnis

Wir renovieren.

Das Interessanteste, was einem Mann neben der Ehe passieren kann, sind die Dinge, die sich unmittelbar aus ihr ergeben. Wie die meisten Männer wissen, ist Gefahr im Verzug, wenn Weibsvolk mit alltäglichen Dingen unzufrieden ist. Die sich daraus ergeben Konsequenzen heißen a) Kaufrausch, b) Selbstveränderungswunsch oder c) Renovierungsgelüste.
Shoppen steht letztendlich hinter allen drei Begriffen, wobei Variante a) eher harmlose Dinge wie Schuhe, Kleider, Handtaschen, Gürtel, Hinguckerchen, Aufstellerchen sowie Frühling-, Sommer-, Herbst- und Winterdekorationen beinhaltet. Variante b) ist gefährlicher. Frisuren, Kosmetik, Haarfarbe, Schminke, Fitness-Studio, BOTOX-Partys, Tattoos und Silikonhupen schlagen schon größere Löcher in die Armeleutekasse. Doch der Schrecken an sich ist Variante c).
Dank der Erfindung von Shabby-Style und anderem Mumpitz mutierten Frauen zu Bastelköniginnen. Sie schleifen, hobeln und polieren hässliche Möbel, bis die Wohnung wie eine Oase im Wüstensturm im Schleifstaub versinkt. Danach streichen sie alles, orgiastisch keuchend und mit verzücktem Blick, in den verabscheuungswürdigsten Farben, bis daraus besonders hässliche und fleckige Möbel geworden sind. Die Krönung ist die farbliche Komplettumgestaltung des gesamten Wohnbereiches mit neuer Tapete, Wandfarbe und, wenn es geht, komplett neuer Möblierung.
„Ehemann!" begann die Rede von „Perfect Wife" und ich wusste, dass Gefahr in Verzug war. „Es sieht alles so schäbig und abgenutzt aus. Wir müssen renovieren. Dringend."

Der Plural Majestatis stellt stets die obligatorische Überzeugungsfalle in Form des „Wir". Männer wissen, dass das bewusste „Wir" ALLES ist...nur kein „Wir". Ein kluger Mann zieht in diesem Falle ins Ausland. Jedes löchrige Beduinenzelt in Lampukistan ist dann ein besserer Ort als die eigenen vier Wände.

Die Baumärkte haben sich längst auf das neue Klientel „Frau" eingestellt. „Mann" erinnert sich wehmütig an früher, als Farben noch Farben waren und auch so hießen. Rot, Gelb, Grün, Blau, Lila, Weiß und Schwarz...das waren noch Farbtöne, die sich eindeutig identifizieren ließen. Und wer was anderes wollte, der mischte selbst. Doch inzwischen gibt es bunte Farbtäfelchen. Die Zeiten des Selbstmischens des perfekten Farbtones gehören der Vergangenheit an. Heutzutage schwelgen die Damen im multicolorierten Pigment-Romantik-Rausch und verlangen nach Farben mit Charakter, Inspiration, Harmonie, Vertrauen, Gedanken und Nuancen. Du willst Grün? Schnickschnack. Heute gibt es die „Hüterin der Freiheit" (edelmütiges Patinagrün). Die Opulenz in der Namensfindung ist keine Satire, sondern grausame Realität. „Stärke der Berge", „Dichter der Erde", „Flügel im Smaragd", „Stolzer Wellenreiter", „Tanz der Sehnsucht", „Spiel der Korallen", „Glanz des Sonnenkönigs", „Elfenbeinrebellin", „Hüterin der Freiheit", „Befreiter Feuervogel", „Duft des Orients", „Stille der Berge", „Zartes Leuchten". „Zarte Romantik", „Elegante Gelassenheit", „Zauber der Wüste", „Dezente Opulenz", „Sanfter Morgentau" und „Melodie der Anmut? Weia! Ein Baumarktbesuch war früher Männersache, während sich Gnädigste im Teeladen um Aufgussgetränke bemühte, deren blumige Namen aus dem letzten Kompost-Rest der Saftindustrie etwas

„Edles" machten, auch wenn das Zeug trotz der blumigen Namen einfach nur nach Kamelpisse schmeckte. Wie auch immer: In mir erwachte der Wunsch, die „Elfenbeinrebellin" mal kräftig übers Knie zu legen, um ihrem Hintern ein „Zartes Leuchten" voller „Dezente Opulenz" in den Farben des „Spiel der Korallen" zu schenken, bis sich in mir „Elegante Gelassenheit" dank meines wieder „Befreiten Feuervogels" gleich einem „Morgentau" breitmachen konnte.

Der „Nebel im November" über den „Dächern von Paris" verhinderte, dass in mir die „Poesie der Stille" aufkommen konnte. Über meinem Kopf manifestierten sich die „Wolken in Grau", aber keine Spur von „Sanfter Morgentau".

Der „Ausklang des Sommers" verlief für mich genauso wie befürchtet. Es war an der Zeit für die gemeinsame Stippvisite in der ehemaligen Männerdomäne, in der es früher noch echte Gerätschaften für Männer mit „mehr Power" gegeben hatte. Es war schrecklich. Inzwischen gab es speziell für Frauen sogar Bohrmaschinen in Pink, Sägen mit gehäkelten Schonbezügen und Betonmischer mit Rüschen. Auf die Mädels warteten in der Geschenkartikelabteilung Schleifgräte in Pastelltönen direkt neben diversen Deko-Artikeln darauf, mitgenommen zu werden. Und doch war es wunderbar, dass „Perfect Wife" keinen Blick für all die Verlockungen hatte. Sie war voll auf Farbe. Und wer auf Farbe ist, der säuft keinen Prosecco, schnüffelt keinen Nagellack und ist auch bei Schokolade abstinent.

„**BUNT!**" frohlockte „Perfect Wife" und taumelte beseelt stöhnend im Farbenrausch durch den Baumarkt. Trotz aller reichhaltig installierten Hinweistafeln hatte sich die Gnädigste nach kurzer Zeit in der

Farbenabteilung verrannt und kreiste wie eine Biene um die Blüte, immerzu fröhlich summend, um die lustigen Marketing-Gags der Farbindustrie herum. Sie war auf der Suche nach der perfekten Farbe, dem „Freudensturm der Farbgewalt", der „Orgie der Sinnlichkeit" und dem „Orgasmus der Kaiserin".

Es wurden dann spontan ein Eimer „Flügel im Smaragd" (eine Art Florfliegengrün mit Blauschimmelkäse) und ein Pott von der „Stärke der Berge" für teures Geld erworben. Dazu ein Kontingent „Platter Igel auf der A2", „Rhinozeros-Prinzessin in der Morgenröte" und „Schneewittchens Stiefmutter."

Die Auswahl des Teppichs war eine namentliche Enttäuschung. Er war schlicht grau.

„Perfect Wife" gierte nach weiteren Farbexzessen und bunten Erlebnissen. Aber dank mehrerer Rollen Tape, mit denen ich sie flott unter den anerkennenden Blicken anderer Männer eingewickelt und kaltgestellt hatte, gelang die Flucht aus dem Farbwunderland, bevor noch Schlimmeres hätte angerichtet werden können. Ab zur Kasse, die Scheckkarten ausgewrungen, den Minivan bepackt und zurück nach Hause mit der Beute.

Knappe drei Monate später war das Werk vollbracht.

„Ist doch schön, oder nicht?" bemerkte Perfect Wife" von ihrem Lieblingssofa aus. „Aber irgendwie…die Farbe…meinst Du nicht auch, dass „Geist des Orients" besser gewesen wärc?"

Meine daraufhin folgenden Kommentare sind zensiert. Seit einer Woche reden wir wieder sporadisch miteinander. Wie auch immer…am nächsten Samstag sind wir wieder im Baumarkt. Der „Geist des Orients" und „Tanz der Sehnsucht" warten schon auf uns.

Verbale Toleranz

Ich hasse es, wenn es an meiner Tür klingelt. Ich bestelle nichts, will dementsprechend auch nichts geliefert bekommen und schätze es, wenn vor meiner Tür nur eine einzige Sache vorhanden ist: Ruhe. Nun gut...auch Sauberkeit hat einen gewissen Stellenwert. Nach einer viel zu kurzen Nacht und entsprechend frühem Aufrappeln gegen 10.00 Uhr, also quasi kurz nach der Geisterstunde, genoss ich meinen Guten-Morgen-Kaffee. Ich weiß nicht, ob ich es schon mal erwähnt habe: Frühes Aufstehen liegt mir nicht. Da läuft mir beim Gähnen immer der Mokka aus der Kauleiste. Wie auch immer...ich schluffte zur Tür und öffnete. Dort stand, in adrettes Grau gehüllt, ein freundlich lächelnder Herr von den Stadtwerken, der einige schwarze Kistchen unter dem Arm trug und eine lange Leiter dabei hatte.

„Herr Boss?"

„Mrrrrr", brummte ich mürrisch.

„Müller, Stadtwerke."

„Mrrrrr!"

„Wir haben einen Termin wegen der Sprachbox!"

„Mrrrrr?"

Herr Müller drückte mir einen Flyer in die Hand.

„Den sollten Sie aber mit der Post schon erhalten haben. Wissen Sie was? Ich gehe schon mal zu ihrem Nachbarn. Und dann komme ich wieder vorbei."

Die Lektüre des akkurat gefalteten Zettels verriet:

Endlich ist es soweit. Die von der Bundesregierung beschlossene Förderung zur Verbesserung der deutschen Sprache in Verbindung mit der Umsetzung der

Richtlinien des EU-Toleranzgesetzes hält Einzug in das deutsche Wohnzimmer!
Dadurch, dass uneinsichtige und intolerante Queru-lanten unsere neuen Mitbürger aus fremden Ländern immer wieder sprachlich diffamieren, mussten wir diese Maßnahme notgedrungen umsetzen. Jegliches politisch inkorrekte oder rassistische Wort ist mit Stand des letzten Ersten verboten und unter Strafe gestellt. Bei einem rhetorischen Fehlerhalten ertönt ein freundliches Warnsignal, dass den Bürgerinnen und Bürgern die Möglichkeit bietet, besagtes Fehlver-halten umgehend zu korrigieren. Ansonsten fällt ein Bußgeld an, das je nach Höhe des Fehlers geahndet wird. Die Rechnung wird dann jeweils zum Ende jedes Monats erhoben und ist dann sofort und ohne Abzüge fällig. Verweigern wird mit einer Haftstrafe in nicht näher definierter Länge bestraft. Wir empfehlen die Lektüre des neuen Maas-Dudens, aus dem alle bösen Worte entfernt wurden.

Mit herzlich-politisch-korrekten Grüßen

Das Bundesverbesserungsministerium.

Es klingelte wieder an der Tür und Herr Müller lä-chelte mich an.

„So…darf man dann mal?" fragte er und versuchte sich an mir vorbei in mein Allerheiligstes zu drängen.

„Nein…darf man nicht!"

„Doch…darf man. Ist Gesetz. Wer nicht will, der muss zahlen. Und wer dann noch immer nicht will, der kommt in den Bau!"

Das widerwärtige Lächeln hätte ich ihm gerne in den …doch ich ließ mich nicht hinreißen. Und Müller flanierte mit triumphierendem Grinsen an mir vorbei.

„Wo ist das Wohnzimmer?"

Ich zeigte es ihm. Müller kletterte flugs auf die Leiter und klebte eins der Kistchen an die Decke.

„So…das war es schon."

„Ich sehe schwarz", murmelte ich und da ertönte auch schon ein *„Quäks!"* und ein rotes Lämpchen flackerte unheilverkündend an dem Gerät.

„Grundgütiger. Was war das?" fragte ich verdattert.

„Sie haben das S-Wort gesagt. Ein böses Wort. Es diffamiert stark pigmentierte Mitmenschen!"

„Und was muss ich nun machen?"

„Schnell korrigieren. Sonst wird es teuer."

„Aber was sage ich denn jetzt?"

„Sagen Sie: Ich sehe maximal pigmentiert."

Ich befolgte seinen Rat, es ertönte erneut ein *„Flöt"* und das rote Licht verschwand wieder.

„Ich fasse es nicht", meckerte ich. „Also ich weiß…"

„Quäks!" Rotlicht an.

„Das böse W-Wort. Schnell korrigieren!"

„Ah…äh…ich ahne nicht?"

„Flöt!" Rotlicht aus.

„Ich gehe dann mal", meinte Müller, packte seinen Krempel und verschwand. „Ach ja", rief er aus dem Treppenhaus. „Besser sie lernen den neuen Maas-Duden auswendig. Sonst wird das schnell teuer!"

„Und alles wegen dieser blöden Migrantenpest!"

„Quäks!"

„Äh…der sympathischen neuen Mitmenschen!"

„Flöt!"

Mir begann die neue Technik mächtig auf den Senkel zu gehen. Was sollte ich nun tun? Das neue Maasgefertigte Dudenwerk hatte ich nicht – also schnell an den Rechner und bestellt. Dabei gönnte ich mir ein wenig Musik.

„Weiße Rosen aus Ath…!" „*Quäks!*". Schnell den Sender gewechselt. „Und nun die Werbung: Leckere „Deutschländer Würstchen" von…„*Quäks!*

Offensichtlich waren die Medien noch nicht ausreichend zensiert und reguliert worden. Aber das war nicht meine Schuld. Andererseits konnte es sich doch nur um einen technischen Defekt handeln, oder? Mein Anruf bei den Stadtwerken bewirkte immerhin die Zusage, dass sich kurzfristig ein Techniker mit mir in Verbindung setzen würde. Inzwischen begann ich mich an das merkwürdige Dauerquäken zu gewöhnen. Am Monatsende erreichte mich dann ein Brief vom Bundesverbesserungsministerium mit einer Aufstellung meiner Verfehlungen und einer Rechnung über 32.450.- Euro. Die Worte *„Warze"*, *„Chrystal"* und *„Deutsch"* waren wohl die teuersten Begriffe, da die Grünen am Projekt beteiligt gewesen waren. „Aber auch *„Braun"*, *„Eisbein"*, *„Schweinebraten"* und *„Bratwurst"* kamen teuer. Ebenfalls kostenintensiv waren *„Bürgerrechte"*, *„Demokratie"* und *„Meinungsfreiheit!"* Die Ratenzahlungsvereinbarung, die beigefügt war, ermöglicht mein finanzielles Überleben. Inzwischen habe ich den neuen Maas-Toleranz-Duden erhalten. Doch was war das? Ein Scherz? 49.99 Euro für ein Buch mit leeren Seiten? Ich brüllte auf und machte mir Luft. Das darauf folgende Dauerquäken ließ mich Schlimmstes befürchten. Seit diesem Moment herrscht in meiner Wohnung absolutes Sprechverbot. Es ist schön ruhig geworden, seitdem hier nicht mehr geredet wird. *„Quäääks!"*. Oha! Denken lasse ich künftig besser auch. Wird sonst zu teuer.

Schneeflöckchen

„Papa…ich will einen Schneemann!" begann das Übel seinen Lauf zu nehmen. „Terrorkrümel" aka „Tollste Tochter der Welt" verlieh Ihrer Aufforderung mit durchbohrendem Blick Nachdruck.

Ich quälte mich aus meinem Lieblingssesselchen heraus und in die Wintersachen hinein. Der Blick aus dem Fenster ergab die Erkenntnis von tonnenweise widerlichem weißem Mistzeugs, das vielleicht in die Alpen oder auf den Brocken gehört hätte.

Nun denn: Ein Mann muss tun, was ein Mann tun muss. Ich schnappte mir dicke Handschuhe, Schaufel, eine Thermoskanne voller Glühwein, Schneeschieber und eine Kiste voller leidender Blicke. Nach einer Stunde Schaufelarbeit war der Schneemann gebaut, fachgerecht mit einer Möhren-Nase, Kohlenaugen und einer Edelstahlschüssel als Kopfdekoration reichlich dekoriert. Meine Fingerspitzen und Zehen fühlten sich unschön an…wahrscheinlich abgefroren. Doch der schimmernde Blick aus den leuchtenden Augen des Nachwuchses zeigte, dass der Schöpfungsakt gut gewesen war. Mit einem gewissen Gefühl innerer Ausgeglichenheit nahm ich wieder im Sesselchen Platz, gönnte mir einen Eimer heißes Wasser gegen die klammen Füße und den restlichen Glühwein fürs Gemüt. Das Wochenende verlief recht harmonisch im Kreise der Lieben.

Am Montag in aller Herrgottsfrühe gegen gerade mal 10.00 Uhr schellte es an der Tür. Ich hasse es, nächtlich gestört zu werden und schluffte Richtung Lärmquelle, wobei ich beschloss, demnächst einen Ausschalter für die Klinge zu installieren.

Leider war meine Neugier größer als die Ratio und so öffnete ich, anstatt mich zu verstecken, die Tür und blickte auf eine adipös-pompöse, clownesk anmutende Erscheinung im bunten Kaschmir-Mantel.

„Herr Boss, nehme ich an?" mutmaßte die Erscheinung und musterte mich durchdringend ablehnend.

„Helga Litmanovski-Schnarrenpflug!" stellte sich das Wesen vor. „Ich bin die Gleichstellungs- und Toleranzbeauftragte der Stadt. Sie haben da einen Schneemann gebaut, wie?"

Ich nickte perplex zustimmend.

„So geht das aber nicht, Herr Boss!" giftete der grellbunte Albtraum. „Nach unserer Verordnung für die Erstellung von Schneepersonen müssen quotengerecht Schneefrauen erstellt werden! Also: Stellen Sie gefälligst eine passende Schneefrau dazu…sonst gibt es ein Bußgeld! Sie haben Zeit bis morgen früh um 10.00 Uhr. Haben Sie mich verstanden?"

Sie würdigte mich keinen weiteren Blickes und dampfte ab, um weiteren Schneekünstlern die frohe Kunde zu überbringen. Ich pellte mich in meine dicken Klamotten und begab mich ins Winterwunderland, wo ich in zwei Stunden harter Arbeit eine gigantische Schneefrau mit Riesenhupen und einem Besen erstellte. Um 10.00 Uhr in den frühen Morgenstunden kehrte die monströse Erscheinung des Vortags sturmklingelnd zurück in mein Leben.

„So geht das aber nicht, Herr Boss!" maßregelte mich das Ungeheuer aus der Kälte. „So sieht doch keine Frau aus, oder?" Sie wies auf die stattliche Oberweite der Schneefrau hin, die doch um einige kleiner war, als der Vorbau meiner Besucherin. „Das ist Sexismus. Ebenso der Besen. Eine Frau gehört doch nicht an den Herd. Das ist Unterdrückung, Sie Phallokrat!"

Sie kritzelte etwas in einen Block. „Ich verwarne Sie hiermit offiziell. Beseitigen Sie die Fehler umgehend. Sonst werde ich Sie gebührenpflichtig belangen."

Sie verschwand hochroten Gesichtes. Ich zog mich an, begab mich nach draußen und modifizierte die Schneefrau unter den missbilligenden Kohlenaugenblicken des Schneemanns.

Nachmittags um 15.00 Uhr klingelte es wieder Sturm. Vor meiner Tür stand ein onduliert-blondierter 50-jähriger mit Regelbogenschal und stellte sich als Vorsitzender der Rosa Liste vor.

„Also, Herr Boss. Ihr Festhalten an den klassischen Familienstrukturen ist definitiv Unterdrückung von Minderheiten. Ich erwarte von Ihnen, dass sie auch ein schwules Schneepärchen dazu stellen. Ansonsten wird es teuer."

Ich zog mir wieder die dicken Sachen an und stürmte in die weiße Winterlandschaft. Nach zwei am Dödel zu erkennenden schwulen Schneemännern, denen ich via Haushaltsmopp noch Löckchenpracht verpasste, beschloss ich spontan, meinem klassischen Hetero-Schneepärchen ein Schneekind hinzuzustellen. Um 22.00 war das Werk vollendet. Langsam herrschte Schneemangel.

Es kam, wie es kommen musste. Frühmorgens klingelte es wieder Sturm. Ein Kegelclub Damen vom Frauenverband beschimpfte mich und verlangte ein Schneelesbenpärchen mit Adoptivkindern. Die Transgendergruppe stieß dazu und informierte mich, dass es letztendlich noch erheblich mehr Geschlechter gab, die als Skulpturen dargestellt werden mussten. Helga Litmanovski-Schnarrenpflug erschien und protestierte gegen die eindeutige Darstellung männlicher Attribute bei den schwulen Schneemännern. Der inzwischen erschienene Kirchenvorstand billigte das. Irgendjemand schlug vor, Unisex-Schneeleute zu erschaffen und man forderte mich auf, alle Schneeleute mit Bart, Hupen, Locken, Dödeln und überhaupt auszustatten, was jedoch der Frauenzentralrat rigoros ablehnte.

Dann trat der Islamverband auf den Plan. Schneemänner seien absolut nicht korankonform und unbedingt sofort zu beseitigen. Ansonsten müssten Burkhas anmodelliert und Schnee-Gebetsteppiche geknüpft werden. Während wir lautstark miteinander diskutierten, rottete sich zwei Grundstücke weiter eine spontane Antifa-Demo zusammen, um Nachbar Görings liebevoll modellierten Schnee-Führer zu zerstören. Die Herrschaften der Ausländerbehörde wiesen darauf hin, dass ich mich wegen der Verwendung von weißem Schnee definitiv rassistisch verhalten und deshalb einen Gerichtstermin zu erwarten habe. Schwarzer Schnee wäre die Lösung gewesen, aber der Schnee war mittlerweile alle. Derweil war es zur Straßenschlacht zwischen Antifa und dem Göring-Clan gekommen, was die Polizisten motivierte, sich hinterm Gebüsch zu verstecken und dann dezent zu verschwinden. Ich weiß nicht, wer den ganzen Kram aufgenommen und bei Facebook gepostet hat, aber ich bin dort für 360 Tage gesperrt worden. Letztendlich ist es aber egal, weil der Verfassungsschutz mich gerade wegen Hetze, Aufstand und terroristischer Umtriebe in einem finsteren Verhörkeller traktiert. Mit etwas Glück werde ich „nur" des Landes verwiesen, kann dann aber gut bezahlt meinen Rückweg über die Balkanroute einschlagen. Dort schneit es gerade wie aus Kübeln. Ich denke, ich werde auf der Heimreise einige Schnee-Skulpturen machen. Ich bin ja inzwischen im Training und Kunst verbindet alle Kulturen.

Autoverkauf

Beim zu selten gewordenen Bierchen hockte ich in trauter Eintracht mit meinem guten Kumpel Rainer zusammen. Ein klarer Fall von echter Männerfreundschaft. Während in der Glotze über der Theke 44 hochbezahlte Fußballerbeine hin- und her hüpften, kam plötzlich eine unerwartete Frage.

„Saaach mal", begann er.

„Mmmm?"

„Willste nicht unseren Wagen kaufen?"

Ich war überrascht. Als passionierter Fußgänger und Buspassgier war ich darauf nicht eingestellt gewesen.

„Ist eine echt gute Gelegenheit!"

Als Mitarbeiter eines Automobil-Konzerns kannte er sich im Gegensatz zu mir mit dem Thema aus.

„Wirklich. Ich will den Sharan loswerden!"

„Watt? Die Frauchen-Kutsche?"

„Irgendwie schon. Meine Gnädigste fährt die Karre zu 95% selbst und hat noch nie einen Unfall gehabt. Der Wagen ist also garantiert unfallfrei! Und Du bekommst ihn garantiert zum Vorzugspreis."

„Wo ist der Haken?" fragte ich.

„Der Haken ist eigentlich mehr bei mir. Oder vielmehr bei meiner Dame des Herzens."

„Hä?" Ich verstand nur Bahnhof.

„Na ja. Es gibt da schon ein paar Problemchen."

„Nun lass Dir doch nicht jedes Wort aus der Nase ziehen. Wo hakt es?" fragte ich nach.

Er wischte sich imaginären Schweiß von der Stirn und blickte betreten auf die Theke.

„Wie gesagt…der Wagen ist unfallfrei. Allerdings hat meine Frau (wir hatten das Auto gerade zwei Wochen) falsch getankt. Benzin statt Diesel. Und ich weiß nicht wie sie darauf kam, aber sie hat es - nachdem sie den Motor startete - tatsächlich gemerkt! Also ging es im Schweinsgalopp ab zur Fachwerkstatt. Ich habe alle Leitungen reinigen lassen, alle Filter getauscht und das kam richtig teuer. Das ist jetzt 3 Jahre her, und die Karre läuft immer noch einwandfrei."

„Klingt doch bisher ganz harmlos."

Rainer nickte zustimmend und fuhr fort:

„Ich bin kein Mechaniker. Aber dass man an einer roten Ampel die Kupplung nicht unbedingt dauerhaft treten sollte und dabei den 1.Gang eingelegt lässt, ist kein große Geheimnis, oder?"

Ich nickte zustimmend. Das wusste sogar ich.

„Meine Frau hat, warum auch immer, über 3 Jahre im Dauerbetrieb an roten Ampeln die Kupplung bis zum Anschlag getreten und damit die Kupplungsscheiben auseinander gepresst. Also ging es wieder in die Fachwerkstatt. Da wurde dann eine neue Kupplung eingebaut und das wurde ganz böse teuer."

Mir begann Übles zu schwanen.

„Wir wohnen in der Innenstadt. Die Schule ist um die Ecke, Supermarkt um die Ecke, Arbeit um die Ecke und meine Frau kriegt es hin, im Jahr 22.000 km zu fahren. Ich hab nicht die geringste Ahnung, wo sie hingurkt...aber ich weiß, dass es von mir ein riesen Fehler war, meiner Frau für Kurzstreckenfahrten ausgerechnet einen Diesel zu kaufen."

Rainer nahm einen großen Schluck aus seinem minimalistischen 0,5l Gläschen und litt stumm.

„Letzten Endes ist es immer mal notwendig, den Partikelfilter frei zu brennen. Das geht natürlich bei Strecken von 4-7 KM im Alltag schlecht."

Was auch immer ein Partikelfilter sein mochte: Es klang logisch und er war vom Fach.

„Wir haben natürlich auch unseren Nachwuchs. Wozu nimmt man sich sonst einen Sharan? Ich hab dem Bengel tausendmal gesagt, er soll beim Einsteigen aufpassen! Aber da kann ich mir den Mund fusselig quatschen. Ist doch egal, was der olle Meckerkopp sagt. Und schon gab es Kratzer im Bereich der Hintertür rechts. Nichts Dramatisches. Aber wie üblich lästig und teuer!"

Ich rutschte auf meinem Barhocker hin und her. Ich hatte mich gerade gegen ein Auto entschieden. Rainer griff in seine Tasche und zückte sein Handy. Dann zeigte er mir Bilder.

„Guck mal. Sieht doch eigentlich ganz fesch aus."

„Und Deine Regierung?"

„Ist mir doch egal. Die bekommt künftig ein Fahrrad. Und der Bengel auch."

„Sie wird Dich dafür hassen!"

„Besser sie mich als ich sie!"

Es war schon schlimm, einen guten Freund leiden zu sehen. Ich spendierte ein paar Bierchen.

„Ich denke mal darüber nach. Eilt es sehr?"

„Kommt auf 'nen Tag nicht an."

Wir tranken aus, zahlten und verließen die Kneipe. Nur wenige Meter weiter stellte sich ein breites Grinsen in seinem Gesicht ein.

„Na schau mal einer an. Problem gelöst, würde ich sagen", griente er.

Manchmal ist es gut, in Berlin zu sein. Insbesondere in Kreuzberg am ersten Mai. Nur ein paar Meter entfernt brannte ein schwarzer Sharan als probater Bestandteil einer gerade errichteten Antifa-Barrikade.

„Noch'n Bierchen?" fragte er mich. Ich nickte.

Und so wurde es doch noch ein prima Abend.

Lebensmittel sind was Feines

Lebensmittel, fachleutisch auch Alimentari genannt, sind ein Thema, dem höchste Aufmerksamkeit gebührt. Wir reden hier nicht umsonst über (den Begriff bitte noch einmal auf der Zunge zergehen lassen und genießen) Lebensmittel.

Der Mensch lebt nicht vom Brot allein. Es gibt Gott sei Dank andere Dinge, die einen höheren Lustgewinn bei der Nahrungszubereitung und anschließender Verkostung verschaffen. Männer und Frauen sind diesbezüglich sehr unterschiedlich in ihrer Ausrichtung und reflektieren völlig anders auf das Angebot. Leider beginnt es bereits bei der grundlegenden Betrachtung der zu erwerbenden Goodies. Ein dezenter Hinweis: „Echte Männer essen keinen Tofu"! Never. Und wer es doch tut, ist durch das Raster „Echter Mann" durchgerasselt und darf sich nun bei den Mädels als nicht erstzunehmender Gesellschafter oder sogenannter bester und mutmaßlich schwuler Freund tummeln. Die Damen haben bis heute nicht realisiert, dass die von ihnen immer wieder verschlungenen Mädels-Postillen mit spaßigen Ernährungs- und Kochinspirationen nichts, aber auch überhaupt nichts, mit echter Männerküche gemein haben. Zeitungen dieses Kalibers verkaufen sich über Diäten und über die Diäten Mumpitz wie Pulver, Fläschchen, Pillen und Industriegelumpe aus Frankensteins Höllenküche.

Jeder Schwachsinn wird an den Haaren herbeigezogen und landet dann postwendend auf dem Tisch der Familie. Ob Quinoa, Amaranth, Goji-Beeren, Flug-Mango, Acai, Spargel aus Peru und Kartoffeln aus Chile oder Himalaja-Salz aus Lampukistan…so ziemlich alles, was der Gutmensch an „Superfood" futtert, ist als Unfug anzusehen. Um die halbe Welt geflogen und aus irgendeiner Monokultur, für deren Agrarflächen der Regenwald wieder drastisch dezimiert wurde, ist völlig vertretbar, wenn die „Blöd der Frau" das Zeug nur hartnäckig genug beworben hat. Soll der Regenwald verrecken, denn ich will an Mangos schlecken. Ist doch egal, wenn tonnenweise Kerosin in den Himmel gepustet wird, weil irgendeine Fem-Doofnase sich wieder von einem Käseblatt vereimern lässt. Aber es geht noch schlimmer, denn Freund Werbung macht einen wirklich guten Job. Es lässt sich jeder Unfug toppen, wenn man den Blick auf die neuen Lieblinge der deutschen Küchenbegehrlichkeiten wirft.

Diätprodukte der aberwitzigsten Art ziehen den geneigten Verbrauchern die schwerverdienten Talerchen aus den Taschen, dass es nur so eine wahre Freude ist. Über Lightprodukte erreicht man einen Kubikmeterpreis von locker 1.500 Euronen für Leitungswasser. Der Preis für Zucker, Mehl, Chemie und Glutamat in den bunten Tütchen mit Soßenpülverchen und Infarktfix, Todes-Pudding und Chemo-Tee, Machmichschlank und ShakeTheShake bietet dem Hersteller eine Chance, astronomische Margen zu erzielen.

Ich als echter Mann gehe gezielt männlich einkaufen. In mein Einkaufswägelchen, dessen Stange so bescheuert weit unten angebracht ist, dass ich einen Bandscheibenvorfall riskiere, wenn ich das Ding durch die eine Klaustrophobie auslösenden Gänge steuerte, kommen weitgehend natürliche Lebensmittel. Fertigprodukte sind bei mir tabu. Anscheinend gilt das nicht für alle Männer. Ich gönne mir gern einen missbilligenden Blick auf den Fastfood-Pickelgesicht-Studenten mit den 20 Paketen Billig-Pizza und der Kiste Cola-Light aus dem Sonderangebot der Woche.

Wie auch immer. Ich hatte Hunger und ging notgedrungen einkaufen. Die erste Hürde, die es zu meistern galt, war der Eingangsbereich, in dem Südfrüchte und Gemüse Begehrlichkeiten erweckten. Alle Kunden suchten nach der Sonderangebots-Ananas, doch niemand fand sie. Das war kein Wunder, denn es gab sie nur als Unikat. Eine davon pro Markt musste reichen, womit der Werbezweck erfüllt war.

Einen Sack Kartoffeln und ein Netz Zwiebeln später war es vollbracht. Schnell noch ein paar Knollen Knofi und ein Bund Möhren dazu und dann ging es im Zickzack um die Herde der 85-jährigen Rollator-Gang-Mädels aus dem nahegelegenen Seniorendomizil herum. Ich ignorierte heldenhaft Fertigkuchen, Backmischungen, Konserven, Limonaden und toxische Schmelzkäsesorten aus den MoPro-Regalen.

Was mich im Einkaufswunderland wie jedes Mal um den Verstand bringt, ist die typisch weibliche Technik, den Einkaufswagen inmitten des Gangs zu parken. Möglichst noch quer, damit auch wirklich niemand daran vorbei kommt. Aber es gibt eine einfache Form der Rache. Man kann Produkte sowohl gezielt entfernen wie auch hinzufügen. Das macht ungeheuren Spaß und kostet kein Geld. Zumindest mich nicht. Ein flotter Schwenk vorbei an den Fertigwurstwaren, Pizzen und Pastapfannen führte mich ins gelobte Land der Männer...die Fleischtheke und ihrer guten Nachbarin Käsetheke. Dort war gut sein...dort wollte ich Frohsinn genießen. Die drei Omis, die die Schlange anführten, ließen mich erschauern. Ich hatte Vorahnungen. Und richtig. Es kam, was kommen musste.

„Junge Frau!" empörte sich die erste. „Ich will genau 100 g Mortadella. Nicht mehr und nicht weniger!"

Der Griff der Wurst-Olga hinterm Tresen krampfte sich um das Metzgermesser und sie zerhackte eine der Scheiben. „Und dann noch ein Viertel Mett!"
Die nächste wollte es genau wissen und verlegte sich auf diverse Achtelchen. Die Bitte um Sechzehntel wurde abschlägig beschieden, da es weder die Bedienung noch die Kundin dezimal korrekt umrechnen konnte. Ich hätte es gekonnt, aber tat es mir nicht an. Die Diskussion über den Vor- und Nachteil von Pistazien oder grünem Pfeffer in der Wurst faszinierte mich. Ich fühlte mich wie ein Vulkanier bei der Studie primitiver Lebensformen einer weit entfernten Welt, die nie zuvor ein intelligentes Lebewesen gesehen hat. Nein, das Mett war gewürzt und ja - es konnten Senfkörner darinnen sein. Und ja - die Teewurst war frisch und die Leberwurst geräuchert. Nein - mit Trüffel gab es sie nicht. Aber es gab sie auch als Kalbsleberwurst mit einem Kalbsleberanteil von immerhin einem Prozent. Ich liebäugelte mit den Alkohol-Regalen und erwog, mir ein Achtelchen zu gönnen. Oder lieber doch vier Zweiunddreißigstel?
Was? Wie? Ich war dran? Ich solle doch bitte den Verkehr nicht aufhalten? Kurz darauf war ich mit zwei Kilo Nacken und 500 Gramm Mett im Wagen auf der Flucht zur Käsetheke. 500 Gramm mittelalten Goudas später war die Aufgabe erfolgreich erledigt. Ich wischte mir den Schweiß von der Stirn und fand, dass ich mir eine Flasche Rotwein redlich verdient hatte. Von einer Eingebung getrieben, nahm ich gleich die ganze Kiste. Dann die letzte Barriere vor der Freiheit: Die Kasse. Wie immer nahm ich die kurze Schlange und bekam dafür die lange Wartezeit. Strafe muss sein. Eine alte Studienkollegin packte direkt vor eine Rollator-Omi ihre Achtel-Pfund-Tütchen auf das

24

Band. Sie trug eine "Madame Mim-Gedächtnisfrisur" mit lila Wollzöpfchen, ein modischer Dauerbrenner in klerikalen Lesbengruppen. Ich gönnte mir einen dezenten Blick in ihren Wagen und erspähte mehrere Salatgurken, Bananen, Auberginen und dicke Möhren. Na - so ein Luder aber auch. Und dann hasste ich sie, als ich die einzige Sonderangebots-Ananas bei ihr in der Pole-Position entdeckte. Diese Bitch!

Doch es gab eine göttliche Gerechtigkeit. Als sie begann, beim Zahlvorgang Gutscheine ins Spiel zu bringen, entstand spontan ein Lynchmob. Ich freute mich, weil ich schon immer einmal hatte sehen wollen, wie eine aufgebrachte Menge jemanden mit wilden Schreien über den Kunden-Parkplatz jagt. Die Gelegenheit war günstig und ich schnappte mir die einsame Ananas aus dem Sonderangebot, die froh war, ihre neue Heimat bei mir zu finden. Ihre Flugmeilen akzeptierte ich. Das nennt man Toleranz.

Die Rollator-Omi vor mir hatte davon nichts mitbekommen und stöberte in ihrem Portemonnaie nach Kleingeld. Sie bezahlte immer genau. Aus Prinzip. Also schüttete sie den Inhalt aufs Band, was die gute Frau hinter der Kasse endgültig in die Verzweiflung trieb. Faszinierend, Captain. Diese primitiven Lebensformen waren wirklich erstaunlich. Ich beschloss, das mit der hochgezogenen Spock-Augenbraue zu üben. Ein echter Vulkanier muss das können. Meine Kassiererin war lahm und dusselig, kannte die Kartoffel-Preise nicht und konnte überhaupt nicht verstehen, warum ich nicht mit Karte, sondern bar bezahlen wollte. Egal. Nach einigen Minuten war es vollbracht. Ich weiß nicht, ob ich heute noch kochen werde. Aber eines ist sicher…die Kiste Rotwein ist fällig.

Schlaf, Barthle, schlaf!

In Anbetracht der Zustände im Lande kam es wie es kommen musste…ich litt an Einschlafschwierigkeiten. In weiser Voraussicht hatte ich den anstehenden Urlaub diesmal auf einen Luxusliner verlegt. Das sind diese Dinger, von denen einige Hundert mehr Dreck aus den Schornsteinen pustet, als der gesamte Weltbestand an Autos. Egal – auch Herr Boss muss sich auch einmal gründlich erholen. Und wenn es alle machen – warum nicht ich? Schreiben ist nicht einfach und man muss sich auch mal einen kleinen Luxus leisten.

Meine kleine Extravaganz sollte mich gemütlich irgendwo zwischen dem Mittelmeer und dem Pazifik hin und her schippern lassen. Ich freute mich bereits auf viele Cocktails mit bunten Papierschirmchen und gut kaschiertem Alkohol, der einem irgendwann die Füße unterm Körper wegzieht, eine Liege am schiffseigenen Pool, Hawaihemd, Shorts, Sonnenbrille und Reservierungshandtuch zur Terrainabsicherung.

Es war an der Zeit für die Nachtruhe. Es gelang mir, den Weg ins Traumland schneller als sonst zu finden und ich träumte von Möwengekreisch und dezentem Wellengang.

Dann war er endlich da, der lang ersehnte Tag des Eincheckens, Kabinenbeziehens und des ersten wohlverdienten Leberschmeichlers. Der „Zombie" war so lecker, dass ich zügig nachorderte.

„All inclusive" - eine völlig geniale Idee. Ich könnte nicht mehr ohne. Wie auch immer. Das leichte Schlingern des Schiffes, untermalt von den Möwen, diverse Cocktails und die frische Seeluft ließen mich in die Koje taumeln und spontan in den wohlverdienten Urlaubsschlaf sinken. Endlich.

Plötzlich weckte mich unerwarteter Höllenlärm. Ich rappelte mich mühsam auf, sprang in meine Shorts, warf mir meinen Bademantel über und stürmte hinaus. Ich war nicht der einzige, der aus seiner Kabine flüchtete. Ob es wohl eine dieser berüchtigten Alarmübungen war? Man hört da ja so einiges über Kreuzfahrtreisen. Wir eilten an Bord, wo der Kapitän mit einem Megafon der Mannschaft hektisch Befehle zubrüllte. Ich musste zugeben, dass ich fasziniert und verstört zugleich war. Es war einfach unglaublich, aber der völlig abgedrehte Kapitän ließ schweres Werkzeug aushändigen und scheuchte die Mannschaft unter Deck.

Wir Passagiere starrten verwirrt auf das Geschehen. Einige Mutige, darunter ich, folgten den Matrosen in die Eingeweide des riesigen Schiffs, um uns einen Überblick zu verschaffen.

Im Maschinenraum waren etliche der Mannschaftsmitglieder gerade dabei, Löcher in die Bordwand zu bohren. Sie frästen sich mit der Leidenschaft von Termiten am Baumstamm durch den Stahl. Dabei sangen sie Shantys und wirkten sehr heiter, was uns Passagiere noch mehr verstörte.

„Sagt mal, Jungs", fragte ich und tippte einem der Matrosen auf die Schulter. „Was treibt Ihr hier eigentlich? Ist das nicht gefährlich, was Ihr dort macht?

„Aber nein. Das muss so sein", entgegnete der Mann. „Befehl von ganz oben. Schließlich haben wir eine gewisse Verantwortung gegenüber dem Wasser. Wie sie sicherlich wissen, ist Wasser sehr sensibel."

Das war mit völlig neu.

„Wir wollen nicht, dass es sich vernachlässigt oder gar ausgeschlossen fühlt, wissen Sie?"

Das wusste ich nicht und ich begann, am Verstand des Kapitäns und der Crew zu zweifeln.

„Aber...wenn Sie das Wasser hereinlassen, dann sinkt das Schiff doch. Das ist doch nicht so schwer zu verstehen, oder?" bemerkte ich mit Panikgefühl.

„Ach...das sagen sie doch nur so. Haben Sie einen Beweis für Ihre Annahme?"

Ich starrte den Mann völlig entgeistert an.

„Haben Sie nicht, gell? Sehen Sie es ein, der Mensch braucht Wasser zum Leben. Das ist wissenschaftlich bewiesen. Und auch sonst ist Wasser sehr nützlich!"

„Ja...sicher. Aber doch nicht so", keuchte ich. „Wenn Sie so weitermachen, dann sinkt das Schiff. Sie bringen uns alle um, Sie Spinner!"

„Ah...Sie sind bestimmt einer dieser Verschwörungstheoretiker, he? So etwas mögen wir überhaupt nicht an Bord. Das Sie das gleich mal wissen."

Ich beteuerte, dass ich vollkommen Herr meiner Sinne und kein Verschwörungstheoretiker sei.

„Geben Sie es nur zu! Sie hassen Wasser. Rassist, wie? Intolerant, he? Habe ich recht?" stellte der Matrose angewidert fest.

Mittlerweile spritzte Wasser im kräftigen Strahl aus den Löchern in das Innere des Schiffs.

„Verlassen Sie sofort den internen Bereich, Sie Defätist. Sie haben hier nichts zu suchen. Und nehmen Sie Ihre Kumpel mit." Er zeigte auf die anderen Passagiere, die ebenso verstört waren wie ich.

Das Schiff wurde immer stärker geflutet und neigte sich nach Backbord. Wir eilten an Deck und begaben uns logischer Weise nach Steuerbord. Der Kapitän zeigte mit erhobenem Finger auf uns und beschimpfte uns als Querulanten, Sektierer und Wassernazis.

„Wie in aller Welt wollen Sie verhindern, dass dieses Schiff sinkt, Sie Narr?" brüllte ich.

„Wieso sinkt? Unser Schiff sinkt nicht. Ist doch alles aus bestem Stahl, Sie Süßwassermatrose. Also wirklich...Leute gibt es?"

„Aber das Wasser?"

„Dafür bin ich nicht zuständig. Vertrauen Sie mir einfach alles wird gut. Wir schaffen das!"

„Aber wie in aller Welt können Sie so etwas behaupten? Das ist doch vollkommen absurd."

Trotz des allgemeinen Wahnsinns an Bord nahm ich mir die Zeit, den Kapitän genau zu mustern. Diese Hängebacken und Triefaugen kamen mir verdächtig bekannt vor. Auch dieser Hammelhintern in dem merkwürdigen weißen Hosenanzug erinnerte mich an jemanden. Aber an wen?

„Ich kenne mich mit Physik aus. Habe ich mal studiert. Das reicht für uns beide. Ich irre mich nie. Und wenn, dann hätte es eh niemand vorhersehen können!"

Auch die hässliche Frisur erkannte ich. Anscheinend war der Kapitän gar kein Mann. Er war eine völlig verwirrte, abgehalfterte, dickliche alte Frau mit hängenden Hamsterbacken, abgekauten Fingernägeln, Altkleidersammlungskostüm und irrem Blick.

Ich erwachte schreiend, patschnass und wischte mir mit zittrigen Fingern den Schweiß von der Stirn. Es war nur ein Albtraum gewesen. Gut, dass es so etwas in der Realität nicht gibt. Gott sei Dank.

Vom Weihnachtsmaas und dem Zensulaus

Weihnachten ist das Fest der Geschenke. Es ist vielleicht teuer, aber das ist es uns allemal wert. Die strahlenden Augen des Teenie-Terrorkrümels unter dem Baum, dazu die noch strahlenderen Augen der häuslichen Kaninchen, die voller Freude den Baum benagen und ausnahmsweise nicht die Tapete von der Wand fressen, sind einfach unbezahlbar. Das Zerfleddern und Plündern der Geschenkverpackungen vermittelt Zwei- wie Vierbeinern das wunderschöne Gefühl, dass zumindest an diesen besinnlichen Tagen die Welt eine kleine, heile Angelegenheit ist. Da kam die beste Tochter der Welt in mein Domizil.

„Sag mal, Boss-Papa", sprach sie. „Ob es den Weihnachtsmann wirklich gibt? Ich würde der Sache gern mal auf den Grund gehen und ihm eine Falle stellen. Haben wir eigentlich einen Kamin?"

Da die tollste Tochter der Welt, aka Terrorkrümel, den Wunsch hegte, einen Authentizitätsnachweis des Weihnachtsmanns vorzunehmen, musste ich notgedrungen einige Umarbeiten im heimischen Wohnbereich vornehmen. Und so stemmte, hämmerte, mauerte und fluchte ich, bis nach etwa einer Woche das Werk vollendet war. Stolz lehnte ich mich in meinem bequemen Ledersessel zurück, rauchte ein Pfeifchen, trank einen Whiskey und erfreute mich am Anblick des vielleicht nicht perfekten, jedoch selbstgebauten Kamins. Weihnachten konnte samt Nikolaus, Weihnachtsmann und Christkind kommen, denn wir waren perfekt vorbereitet.

Wie man weiß, handelt es sich beim Weihnachtsmann um einen stattlichen bis mopsigen Gesellen in Rot, der einen schier unstillbaren Japp auf Punsch, Schokolade, Plätzchen und Bastelarbeiten hat und nebenbei für den Coca Cola-Konzern giftige Limonaden verkauft. Wahrscheinlich finanziert er so seinen elfenverseuchten Betrieb am Nordpol. Knecht Ruprecht, gern auch Nikolaus genannt, war mir optisch weniger präsent. Aber ich mochte ihn dank der Flasche Feuerwasser, die er mir jedes Jahr zuverlässig in die Schuhe schob. Er hätte sich zusätzliches Füllmaterial wie Orangen oder Äpfel jedoch sparen können.

Unter uns: Ich glaube nicht an den Nikolaus. Auch das Christkind ist mir nie erschienen. Es hat wohl eine Vorliebe für Bayern. Allerdings glaube ich an die Voraussicht von Frau Boss, die fürsorglich den Geschenkebereich betreut und alle glücklich macht. Wie jedes Jahr hatten wir einen stattlichen Vorrat an Geschenken erworben und um den Baum herum platziert, um Weihnachten nicht in Gefahr kommen zu lassen. Nichts wäre schrecklicher gewesen, als die Feiertage ohne Weihnachtsmann und mangels Präsenten verbringen zu müssen. Der Nachwuchs neigt zu Jähzorn und gerade an den Festtagen gilt: Viel hilft viel.

Wie auch immer: Es war stille Nacht, heilige Nacht und Tochterkind nebst Boss lauerten vor dem neu errichteten Kamin, um der Sache auf den Grund zu gehen. Meine Erwartungen waren übersichtlich: Ich selbst hatte den toten Deko-Kamin erbaut und wusste, dass füllige, alte Herren dort nicht passieren konnten. Auch glaubte ich nicht an fliegende Rentiere. Aber schließlich ging es ja um ein Weihnachtswunder und da sollte einiges möglich sein.

Während die tollste Tochter der Welt an ihrem Kakao nippte und ich mich dem Punsch widmete, starrten wir wie gebannt auf den Ort der zu erwartenden Wunder. Ein vorsorglich bereitgestellter Beistelltisch voller

Kekse, Punsch sowie einiger Rüben für die Rentiere harrte seiner Besucher. Und plötzlich (es muss so gegen Mitternacht gewesen sein) raschelte, knisterte, staubte und rieselte es durch den Kamin.

Ein Sack plumpste geräuschvoll auf den Kaminboden und ein Mann im roten Dress folgte ihm. Dann folgte ein weiterer Geselle und es bildete sich ein Knäuel von Armen, Beinen, Händen und Füßen. Lautes Fluchen ertönte. Plötzlich kam noch ein weiteres Wesen den Kamin heruntergestürzt. Als ich meine Kinnlade wieder in die normale Position gerückt hatte, beäugte ich das stöhnende und fluchende Gewusel kritisch.

Ich hatte mir den Weihnachtsmann immer anders vorgestellt. Mächtig, bärtig, imposant. Doch hier kam ein spindeldürres, wichtelkleines Bürschlein im anscheinend maßgeschneiderten Weihnachtsmann-Anzug aus Satin daher. Sein Gefolge entsprach auch nicht meinen Vorstellungen. Tochterkind verfolgte kichernd das Durcheinander und kommentierte es mir: „Siehste. Und es gibt ihn doch!"

„Da stimmt doch was nicht!" gab ich zurück.

Nach etwas Grübeln sprach ich den dürren Burschen in Rot an: „Nun mal runter mit den Hosen. Wer sind sie und was treiben sie in meinem Kamin? Und wo ist der Weihnachtsmann?

„Weihnachtsmann? Den gibt es nicht mehr. Haben wir abgeschafft. Nein. Nicht wirklich abgeschafft. Grundlegend verbessert", stotterte der merkwürdige Geselle.

„Ab diesem Jahr bekommen Sie politisch korrekten Besuch von mir, dem Weihnachtsmaas."

„Kenn' ich nicht. Mag ich nicht. Will ich nicht. Und nun raus aus meinem Refugium. Aber plötzlich!"

„Nichts da. Ich habe eine offizielle Erlaubnis vom Justizministerium, Innenministerium und der Kanzlerin", kam es zurück. „Und Geschenke gibt es auch."

„Und wer sind die da?" fragte ich mit einem Wink auf seine Begleiter.

„Das sind meine Gehilfen. Wenn ich vorstellen darf: Der heilige Zensulaus. Und der Kleine da ist Jussuf-Achmed."

„Ich will die hier nicht haben. Und was überhaupt haben die für einen Zweck?"

„Jussuf-Achmed ist der religiös notwendige, islamkonforme und integrative Ersatz für das Christkind. Wir sind tolerant. Schluss mit der theologischen Unterdrückung unserer Neubürger", proklamierte der Weihnachtsmaas.

Der heilige Zensulaus, der ebenso zerknittert aussah wie der Weihnachtsmaas, hatte inzwischen begonnen, unsere Geschenke auszupacken und zu inspizieren.

„Hab ich mir gedacht. Alles verbotenes Zeug. „Braune" Lebkuchenmänner? Nazikrams. Dann ein Buch von Orwell...1984? Lesen verbotenen. Echte Deutsche lesen nicht. Höchstens die Bild. Aber nur den Sportteil. Wozu haben wir das Fernsehen?" klagte er.

Der Weihnachtsmaas zog eine riesige Kiste aus dem Sack. Der Inhalt entpuppte sich als 55-Zoll-TV.

„Geschenk vom Staat", erklärte er.

„Mumpitz!" protestierte ich. „Wir Bürger sind der Staat. Dafür habt Ihr doch bestimmt die Steuern raufgeschraubt."

„Stimmt. Und die GEZ vervierfacht. Aber DAS ist es doch wert, nicht wahr. Dieser Fernseher enthält alle wichtigen und politisch korrekten Programme."

„Welche denn?" wollte ich wissen.

„Nun...ARD, ZDF, N24, RTL, Kabel, SAT1, QVC und Mekka-TV. Ach ja...dazu zwei weitere Kanäle. Genderkunde und Toleranzunterricht. So viel Spaß!"

„Ich schaue kein Fernsehen!" protestierte ich, während die tollste Tochter der Welt interessiert nach der Fernbedienung griff.

„Ab heute schon. Das ist Pflicht. Keiner ohne Tagesschau, Tagesthemen, Bürgerkunde und Reportagen über böse Nazis."

„Das ist doch nicht zu ertragen", kam es über meine Lippen.

„Doch...und dafür gibt es das hier", meinte er und drückte mir eine Anleitung in die Hand. „124 zusätzliche Kanäle für den Erwachsenen. Noch mehr Spaß!"

„Finger weg von meinen Geschenken!" protestierte inzwischen die Tochter, die den jugendlichen Begleiter und Christkind-Nachfolger Jussuf-Achmed dabei ertappte, wie er unsere selbst gekauften Geschenke in einen eigenen Sack stopfte.

„Das hat seine Ordnung", erklärte der heilige Zensulaus. „Alles verboten. Das muss weg. Wer nicht mitspielt, der kommt in den Bau!"

Dann schlug er die Hände über der Weihnachtsmütze zusammen.

„Was haben wir denn da? Etwa Alkohol?"

Er inspizierte meinen jährlichen Weihnachtswhiskey und ließ ihn unter seiner Kleidung verschwinden.

„Alkohol geht gar nicht. Religiös unvertretbar!"

Die Tränen in meinen Augen ignorierte er gekonnt.

„Ist doch nicht so schlimm", meinte der Weihnachtsmaas und legte eine Tüte türkischen Apfeltee unter den Baum. „Damit machte es doch gleich viel mehr Spaß, gell?"

Dann griff er in den Sack und zauberte weitere Geschenke hervor. Bündelweise.

„So. Das wäre dann alles. Ein paar hübsche Gebetsteppiche und ein Mekka-Kompass zur korrekten Ausrichtung. Dazu noch für jeden ein richtig unterhaltsames Buch. Heißt Koran. Ist jetzt Pflichtlektüre." Er zwinkerte mir verschwörerisch zu.

„Mal so nebenbei: Fahren sie eigentlich noch Schlitten?" erkundigte ich mich neugierig.

Der Weihnachtsmaas lachte laut und antwortete: „Nur mit den Volk, Sie Witzbold."

„Nicht mal mehr Rentiere?"

„Ich habe vier ökologisch einwandfreie Elektro-Kamele. Die beiden anderen Kollegen müssen sich mit Elektro-Eseln begnügen. Wir sollten mal wieder die Steuern erhöhen, gell?"

Das alles war zu viel für mich. Ich sank in eine mildtätige Ohnmacht. Als ich wieder erwachte, stellte ich fest, dass alles nur ein böser Albtraum gewesen war. Es war eine Woche vor Weihnachten und alles so, wie es sein sollte. Gott sei Dank. Kein Anzeichen vom Weihnachtsmaas, dem heiligen Zensulaus und Jussuf-Achmed. Keine Gebetsteppiche. Kein Koran oder TV. Da kam die beste Tochter der Welt in mein Domizil.

„Sag mal, Boss-Papa", sprach sie. „Ob es den Weihnachtsmann wirklich gibt? Ich würde der Sache gern mal auf den Grund gehen und ihm eine Falle stellen. Haben wir eigentlich cinen Kamin?"

Dick ist schick.

Wenn ich etwas in meinem Leben erfahren habe, dann ist es, dass das Alter ein Arsch ist. Es macht dick. Ich spreche als unmittelbar Betroffener. Mist!

Letztendlich ist es immer dasselbe. Ich hasse die verschwörerisch-kumpelhaften Blicke der anderen Moppelchen (wer möchte schon Mitglied in DEM Club sein?) und verabscheue die selbstgerechten und triumphierenden Blicke der Dünnen. Besonders grandios ist der permanente säuerlich-missbilligende Blick der lieben Frau Mama, die seit ihrer letzten Kur mit Crash-Diät noch schlanker ist und daher missbilligende Blicke verteilen darf. Anscheinend endet so etwas erst nach dem Ableben einer der beiden Parteien.

Wir müssen grundlegende Unterschiede zwischen Männern und Frauen feststellen. Letztendlich gibt es nur für wenige Männer "echte" Gewichtsprobleme. Männer werden stattlich. Frauen werden dick.

Wenn man als Mann allerdings feststellen muss, dass man für sein Gewicht 2,34 Meter groß sein sollte und es einem nicht gelingt, zu wachsen (ganz egal was und wie viel man isst), dann liegt etwas im Argen. Ergo: Kampf dem Speck und dem gemeinen Jojo-Effekt.

Es ist ärgerlich, wenn man Gewicht verliert und es einen aus welchem Grund trotzdem stets wieder findet. Jeder Mann, der mal das Pech hatte, diesem Phänomen zu begegnen, weiß, dass Diäten Dreck sind und überhaupt keinen Spaß machen. Die blöden, überflüssigen Kilochen schreien ja nicht einmal vor Schmerz, wenn man sie killt.

Letztendlich ist es egal. Man sollte Diäten keine Macht einräumen. Leider sieht das die Mehrheit anders und spendiert ihnen einen hohen Stellenwert.

Diäten sind eine wichtige Sache für

a) Politiker beiderlei Geschlechts
b) Frauen
c) Frauendiätclubs
d) Frauen-Fitness-Gruppen
e) Frauenzeitungen

Ich verabscheue davon besonders a) und e). Über a) müssen wir jetzt nicht reden. Über e) hingegen schon. Frauenzeitungen sind Mistblätter fragwürdigen Inhalts. Sie lassen sich nur verkaufen, weil auf jeder neuen Ausgabe eine Zauberdiät, Wunderpille oder magische Substanz, von der niemand jemals zuvor etwas gehört hat, Dinge verspricht, welche die Probanden rank, schlank, fit und natürlich attraktiv machen.

Diäten funktionieren nicht. Sie bewirken nur, dass man nach der Nummer doppelt so schnell wieder zunimmt, wie vor der Geschichte. Mit zusätzlichen Pfunden als Bonusmaterial. Was lerne ich daraus?

Pfoten weg von den allseits beliebten Ratschlägen der sogenannten meist Expertinnen aus den einschlägigen Magazine für die holde Weiblichkeit. Wer hat den Mist wieder angeschleppt? Naaa? Wer zwingt uns die Frigitte-Diät, Atkins, FdH, Vegan-Juchhee oder Rohkostplatten auf den Teller? Ratet mal.

Richtig! Es ist die geliebte, heimische Lebensgefährtin, die aus irgendeinem Grund dem körperlichen Alterszuwachs beim Partner Einhalt gebieten möchte. Diäten sind Lug, Trug und heiße Luft. Aber die Welt will ja mit aller Macht betrogen werden. Diese Mistblätter verkaufen sich tatsächlich nur über die frische Wunderdiät, die in einer Woche aus jedem Mädel

Miss Universum und aus den Kerlen einen Arnie Schwarzenegger macht. Klappt jedes Mal, gell?

Leider ist der Gott der Bequemlichkeit ein höchst gemeiner Gegner des Gottes der Schönheit und Fitness. Sollte er mir jemals begegnen, dann wird er erfahren, was echte Schmerzen sind. Eigentlich ist es mir auch egal: Die netten und zugleich leckeren Dinge nenne ich Fleisch, Gemüse, Nüsse und Obst. Aus die Maus. Alles wird gut, wenn vielleicht auch nicht rappeldürre, aber angenehm erträglich.

Damit bin ich wieder voll im Thema. Essen! Alle tun es, alle reden darüber, und alle wissen, was gut für mich ist. Woher kommen eigentlich all die Informationen über „gesunde" Ernährung, die dann später in umgesetzter Form auf unseren Tellern landen? Der Quell der Fehlinformation ist, wie sollte es anders sein, unser aller Freund, die Presse. Und wo bekommt die ihre Daten her? Gut recherchiert wird nicht. Es wird abgeschrieben. Und bei wem? Richtig. Bei den ANDEREN Frauenzeitungen. Die Käseblätter für die gutmeinenden Weltverbesserinnen bestimmen, was auf den Tisch kommt, und wenn es der letzte Unfug ist. Heute dies...morgen das...und übermorgen sonst was. Alles Quark – wahrscheinlich aus Soja. Ich lasse mich nicht mehr darauf ein und verweigere mich.

Ich darf kein rotes Fleisch mehr essen, weil das ungesund ist? Ist das wirklich so? Sollte ich lieber welches in lila oder grün nehmen?

Ich will meinen Salat und die Sprossen nicht essen? Ist doch lecker, mmm? Nein...ist er nicht. Und sooo gesund? Nein...das ist Quatsch. Grüne Smoothies gefällig? Die Rohstoffe frisch im Park selbst gesammelt. Fesch, gell? Natur pur. Ich weiß zwar nicht, was genau drin ist, aber Pflanzen sind ja sooo gesund. Und bei Obst? Oder Gemüse? Da fresse ich gleich die Schale mit. Da stecken die Vitamine drin. Auch bei Bananen und Zitrusfrüchten? Kartoffeln und Kokosnüssen? Ananas und Kaktusfeigen? Sischer dat.

Heute gibt es endlich Tofu? Und Sojawürstchen? Hurra. Lobet den Herrn. Nur in den sorgsam bewahrten und gut verteidigten Bastionen der Karnivoren kommt noch ruhigen Gewissens Fleisch und Wurst auf den Teller. Doch das ist laut WHO voll der Killer. Schon der Verzehr von 50 Gramm verarbeitetem Fleisch pro Tag soll das Darmkrebsrisiko erhöhen. Deshalb stuft die WHO verarbeitetes Fleisch in Kategorie 1 der krebserregenden Stoffe ein - auf einer Stufe mit Zigarettenrauch, Asbest und Röntgenstrahlung. Rotes Fleisch klassifizieren die beteiligten Wissenschaftler als "wahrscheinlich" krebserregend. Die Rache der Tiere ist da. Killst Du mich...dann kille ich Dich. *„Oink."*

Weniger Fleisch bedeutet weniger Krebs? Die Gefahr aus dem Grill...das Killerschnitzel und die Currywurst des Todes? Ich weiß nicht genau, was die Lümmel von der WHO damit bezwecken. Aber ich, als erklärter Freund des gepflegten Steaks und des Grillfestes: Ich lasse mich nicht mehr irre machen. Alles Mumpitz. Wenn schon eine neue Sau durchs Dorf getrieben wird, dann eine, die auf den Grill kommt. Ich esse nur noch das, wonach mir Schnabel und Sinn stehen. Mein Körper ist durchaus in der Lage, es mitzuteilen. Ich lasse die Pfoten möglichst vom Junkfood und Industriekrams und koche selbst aus frischen Zutaten und mir da nicht reinreden.

Fastfood ist doof, es sei denn, dass es 8 Stunden bei Niedrigtemperatur auf dem Grill gelegen hat. Ich akzeptiere lieber meinen Bauch, als den Mist von

Chemo-Ingredienzien aus den Tiefen Frankensteins Horror-Suppenküche zu mir zu nehmen, die nachts bunt leuchten und einem Angst und Bange einjagen. Ich habe noch niemals von einem Gourmet-Tempel der Superklasse gehört, in der TK-Pizza, Hot-Dogs oder Mama Mozzarellas Fertigaufläufe auf der Karte stehen.

Aaaaber: Die gelegentliche Pizza, der leckere Burger oder die Pommes, die gerne ihre Bahnen im Frittenfett ziehen, sind nicht so dramatisch gefährlich, wie es immer wieder dargestellt wird. Also gibt es gelegentlich eine Pommes Rot-Weiß oder die Mafia-Torte und, wenn ich will, auch einen Döner. Selbstgemacht. Und alles wird hübsch.

Fastfood kann gelegentlich sogar Leben retten. Es ist allemal besser für die Gesundheit, sich nachts (hochgradig bezecht nach der Sauftour) fremd verpflegen zu lassen, als ausgerechnet dann die schärfsten Messer der Welt aus dem Schrank zu kramen, um der Welt zu zeigen, wie kunstfertig man damit jonglieren kann.

Und nun noch einmal für die Mädels – Dick ist vielleicht nicht schick. Aber es ist viel netter und besser fürs Gemüt, als sich mit dem Diätenwahn zu Tode zu quälen. Wenn ihr also irgendwen schlanker sein wollt, dann doch bitte Euch selbst.

Ihr geplagten weiblichen Moppelchen: „Happy Size" ist durchaus akzeptabel, auch wenn die großen Größen alles andere als „happy" machen. Bleibt ruhig rund und fraulich statt dürr. Besser etwas runder und ausgeglichener, als eine Agro-Minnie-Maus auf Speed. Das hat die Natur so eingerichtet. Danke. Und nun: Moppel hört die Signale - mit dem Schreiben ist Schluss – denn ich geh' in die Küche, weil ich Fleisch rösten muss.

Lobet den Herrn

Religion wurde erfunden, um das Volk davon abzuhalten, seine Regenten und deren Schergen zum Teufel zu jagen. Das System funktioniert seit viele tausend Jahren hervorragend. Gottes Zorn und Strafe machen gefügig.

Je radikaler die Religion, desto fügsamer die Gläubigen. Je mehr Verbote und Regeln - je besser. Islam und Hinduismus sprechen Bände. Dort regieren die Herren der Schöpfung mit eiserner Hand. Pech für das Weibsvolk.

Im Christentum sind Frauen religiöser als Männer. Sie halten Religion und Kirche für wichtiger, besuchen die Kirche häufiger und beten doppelt so viel wie die Kerle. Hausfrauen stehen übrigens erheblich mehr auf das Thema als die berufstätigen Mädels. Und - je oller, je doller. Mit zunehmendem Alter und Sterbefällen im Umfeld nimmt das immer heftigere Ausmaße an. Die Erklärungsversuche nach dem *„Sinn des Lebens"* und dem *„Danach"*, lassen bei einer hoffnungsvollen Perspektive jegliche Ratio dahinschmelzen wie Schnee in der Sonne.

Religion beginnt damit, dass man in irgendein Land und einen bestimmten Kulturkreis hineingeboren wird. Wärst Du jetzt also in Ankara und nicht in Berlin, dann Inshallah statt Halleluja. Alles wäre anders. Ein Moslem wäre in Bangalore überzeugter Hindu und in Tibet Buddhist geworden. Alle wären davon überzeugt gewesen, den rechten Pfad der reinen und wahren Lehre zu beschreiten.

Hinter allen Religionen stehen andere Menschen (meist männlich), die Dir sagen, was Gott will und was Du zu denken, zu tun oder zu lassen hast.

Durch den Verzicht auf Dinge, die Spaß machen, soll quasi via Kuhhandel ein Stückchen Paradies erkauft werden.

Alles Mumpitz. Das Universum ist ein paar Nummern zu groß, als dass eine wie auch immer geartete Schöpfung sich so ein Kindertheater ausgedacht hätte. Seid Ihr Fans von der Opferlammgeschichte und lasst Euch auf beide Backen hauen? Dafür hat jemand einfach mal die Sünden der Welt auf sich genommen? Mit Verlaub: Schön blöd von ihm.

Oder glaubt Ihr an einen anderen Verkünder religiöser Wahrheiten, der quasi per Erzengel-Shuttle-Service zu einer Privataudienz beim Chef transportiert wurde? Nun kommt mal wieder runter von Wolke sieben.

Ach ja…es gibt auch keinen Grund für Kirchensteuern oder andere Abgaben an die alten Männer in den lustigen Kleidchen. Wozu denn auch? Ein Vereinsbeitrag wäre ja noch akzeptabel. Aber „Steuern"? Igitt. Religiosität liefert einfache Antworten auf Dinge, die nicht zu ergründen und allgemein auch nicht zu beweisen sind. Bis heute habe ich nicht verstanden, wofür Gott das ganze Geld von Kirchensteuern und Spenden braucht. Das Zeugs könnte er doch locker aus dem Handgelenk schütteln oder eine eigene Bank gründen. Das konnte der Vatikan doch auch, oder? Man stelle sich mal den Slogan vor: „Gott sei Dank - Dank Gottes Bank!" Oder: „Eine sichere Bank hat unser Gott." Halleluja. Aber scheinbar kann Gott einfach nicht mit Geld umgehen. Oder aber: Sein Bodenpersonal treibt Schabernack mit uns.

Laut gängiger Doktrin ist Gott sowohl allmächtig als auch ein Gott der Liebe und Güte. Das erschließt sich mir nicht, wenn ich den Planeten und die Menschen, die er nach seinem Ebenbild schuf, genauer unter die

Lupe nehme. Geldgier, Egoismus, Kriege, Waffen, Not und Elend allenthalben. Entweder ist seine Göttlichkeit nicht allmächtig, oder kein Gott der Liebe und seine Ebenbilder sind ihm (oder ihr) wurschtegal.

Dann ist da noch eine weitere Sache mit dem Herrn, die da lautet: „Dein Wille geschehe!"

Warum nur in aller Welt ist die halbe Menschheit dabei, dauernd Gebete zu brabbeln? Der Herr macht das schon. Es ist SEIN Wille. Wer quengelt oder nervt, landet später in einem aus Liebe bestehenden Folterkeller mit Dauerbrandöfen, Kesseln voll siedendem Pech und anderen spaßigen Artefakten aus dem heiligen BDSM-Paradies für Hardcore-Gläubige.

Als Gott die Welt geschaffen hatte, hing er für den Tag danach ein Schild an die Tür auf dem da geschrieben stand: „Heute Ruhetag!" Also lasst ihn am Sonntag in Ruhe, klar? Schluss mit Tempeltagen mit rituellem Kannibalismus, bei dem des Herrn Blut getrunken und sein Leib gegessen wird. Da lobe ich mir doch das universelle Spaghettimonster oder die omnipotente und hochkalorische Kakao-Gottheit mit der Schokoladenseite. Das hat Unterhaltungswert, ist lecker und belästigt niemanden.

Solltet Ihr keine religiös überzeugende Antwort auf die Frage nach dem Sinn des Lebens finden, dann wählt die Möglichkeit mit dem höchsten Spaßfaktor. Habt Ihr schon mal an Thor, Odin, Frey und die anderen Götter unserer Altvorderen gedacht? Die haben da einiges zu bieten, bei denen die anderen Religionen nur die Ohren anlegen können. Lieber ein gepflegter Axt-Kult mit Met, Trinkhörner und Walhalla, als diese Dauerfrömmeleien, die dazu dienen, sich bei Gott ein kuscheliges Plätzchen zu erkaufen. Darauf ein Horn Met, gegrilltes Schweinchen und Spaß. Prosit.

Geburtstag

Einmal im Jahr naht für uns alle der Moment der Wahrheit. Es ist nicht nur der gequälte Blick in den Spiegel, der mit steigendem Körpergewicht proportional zu schrumpfen scheint. Es ist auch ein garstiger Frühaufsteh-Tag, an dem sich die ganze Welt gegen Dich verschworen hat. Ausgerechnet Du sollst Gefälligkeiten erweisen. Aber warum? Wenn man schon Geburtstag hat, dann sollte man doch zumindest in aller Ruhe ausschlafen dürfen. Oder?

Immerhin beginnt dieser Tag bei vielen mit einem grandios großen Kaffee, den andere aufgebrüht haben. Kakao ist eine weitere Option. Und da Geburtstag ist, kann man sich doch völlig zurecht auf eine dekadente Torte freuen. Allerdings muss man mit fortschreitendem Alter feststellen, dass die Schöpfung ein heimtückischer Blöd-Arsch ist, weil jedes Stück Torte mit Überschallgeschwindigkeit auf den Hüften zu landen scheint.

Infame Lebensformen, die sich selbst als sogenannte wohlmeinende „Freunde" sehen, kloppen Dir eine garantierte vegane, fettfreie und mit roten Beeten gefärbte Geschmacksfolter voller guter Absichten auf den Tisch. Dafür wollen sie auch noch gelobt werden. Ich selbst bin da vom Glück verwöhnt, weil Frau Boss nichts von solchen kulinarischen Absonderlichkeiten hält. Schwein gehabt. Burtzeltagstorte ist wichtig.

Wer erinnert sich nicht gern an „Some like it hot"? Nicht nur das semitransparente Oberteil der Monroe ist ein Quell der Freude. Nein – auch die Torte ist der volle Wahnsinn. Riesig, verlockend und ein Tortenbunny verheißend, das gut gelaunt mit viel Musik aus dem hochkalorischen Paradies gehüpft kommt. Aber nein. Statt eines hübschen Mäuschens kommt der Killer. Aus die Maus für Gamschen-Colombo.

Die Zeiten wandeln sich. Heutzutage kommt der Killer aus den Meisterwerken der Bäckereikunst direkt in den Geburtstagskörper gehüppelt und nimmt dort sein tödliches Werk auf. Seine Waffen heißen Fett, Zucker und Mehl. Die damit verbundenen koronaren Herzerkrankungen wirken leise und langfristig. Patient tot. Aber er stirbt wenigstens glücklich.

Wahrscheinlich werde ich bis ans Ende meiner Tage auf ein gigantisches Backwerk mit Tortenbunny warten, aber es nicht bekommen. Wer bekommt zum Geburtstag schon dass, was er wirklich möchte?

Damit ist der nächste unerfreuliche Geburtstagsaspekt eingeläutet: Die Geschenke. Unter uns: Wer kennt sie nicht, die Artikel des alltäglichen Gebrauchs, die mangels Ideen und in Bezug auf den praktischen Nutzwert immer wieder gern verschenkt werden? Sie heißen: 1. Seife, 2. Socken, 3. Schlips oder bei den Mädels 3. Slips. Will niemand. Ist ausreichend vorhanden. Selbst gekauft ist selbst gemocht. Das 4. „S"? Selbstgestrickte Pullover und Schals. Siehe 1-3.

Garstige Gemüter schenken Dir Süßigkeiten, damit die Zahnärztekammer, Zahnbürstenbauer und Internisten ihre Freude haben. Nur ein gesundheitlich angeschlagenes Geburtstagskind füllt die Kassen. Aber warum haben sie sich gegen DICH verschworen? Du warst doch immer nett zu allen.

Der Oberhammer an Garstigkeiten sind unausgesprochene und doch eindeutige Beleidigungen wie Antifaltencreme, Potenzmittel, Abos für das Fitnessstudio, Rheuma-Creme und Senioren-Kulturprogramme. Diese nonverbalen Äußerungen echter Verachtung werden mit süßlichem Lächeln und einem großen Stück des Herzkiller-Kuchens bestraft. Warum auch sollte man alleine ins Gras beißen müssen?

Widmen wir uns mal ein paar wirklich guten Geschenken. Alkohol ist vielleicht keine Lösung, aber KEIN Alkohol ist auch keine. Ergo: Mut zum hochprozentigen Fröhlichmacher und Seelentröster. Ach ja: Gute Bücher oder Filme gehen auch. Und natürlich – kein Geburtstag ohne Blumen.

Laut freundlichen Hinweisen etlicher (namentlich nicht genannt wollender) Hobbyfloristen ist eine Hanfpflanze IMMER eine gute Wahl. Robust, hübsch, dekorativ und selbst in vertrockneter Form durchaus ein Quell der Freude. Sie wird in nahezu allen Haushalten gern gesehen.

Kritisch zu betrachten sind die spaßigen, telefonischen Gesangseinlagen von Menschen, die es sicherlich nur gut gemeint haben. Doch wie wir alle wissen, ist *gut gemeint* nur ein anderer Ausdruck für *dumm gelaufen*.

Erfreulich sind Geldgeschenke. Je höher, je besser. Vor allem Gold geht immer und passt zu allem.

Wer diese Ratschläge berücksichtigt, ist beim Geburtstagskind ab einer gewissen Altersstufe gern gesehen und darf auch im nächsten Jahr wiederkommen.

Da sich jedoch nur die wenigsten an die netten Geldgeschenke halten, mutiert jeder Geburtstag zu einer Pflichtveranstaltung. All die Lieben und weniger Lieben pimpen sich auf Deine Kosten das Wohlstandsbäuchlein und fressen ein Leck in die Arme-Leute-Kasse. Doch mein ist die Rache, spricht der Herr. Demnächst haben **die** auch Geburtstag. Dann wird zurückgeschossen. Ein Hagel von Socken, Seife, ollen Schlöbbern, Ständchen, Torte und guten Ratschlägen. D**as** allein schon ist es wert. Happy Birthday.

„Wir machen auch Hausbesuche!"

Morgens um zehn ist die Welt definitiv NICHT in Ordnung, insbesondere wenn es an der Tür Sturm klingelt. Ich rappelte mich auf, stolperte über meine Schlappen, fluchte und strauchelte erneut. Diesmal über meine kleinen Hündchen Hades und Brutus, die der Invasorenschaft vor meiner Tür klar und deutlich signalisierten, wo der Autor seine Locken hat.

Ich beorderte meine kleinen Lieblinge in eine sitzende Position und öffnete. Vor mir stand eine knittrige, kurzhaarige, scheinbar weibliche Lebensform mit enormen Überbiss. Sie trug eine grünliche Filzjacke, darunter ein grünes Strickkleid, krampfte ihre knöchernen Finger um einige ebenfalls grüne Flyer und starrte auf meine knurrenden Bodyguards, die sicherheitshalber ihre Waffen vorzeigten.

„Äh…Herr Boss?"

„Steht das auf der Klingel?" fragte ich zurück.

„Äh…ja", stotterte sie als Antwort.

Ich musterte sie intensiv.

„Lassen sie mich raten: Sie sind aus Irland?" schlug ich meinen Sherlock-Verhör-Ton an.

„Äh…wie bitte?"

„Sie sehen aus wie ein Leprechaun", erklärte ich.

„Ein was, bitte?"

„Irischer Kobold. Ziemlich klein. Trägt immer grün und hat einen Topf Gold bei sich", erläuterte ich.

Sie starrte mich wütend an und kniff die Lippen zusammen.

„Ich mag irische Kobolde", erwähnte ich beiläufig und ließ mich auf einen Starrwettkampf ein. Nach wenigen Augenblicken und dem anheimelnden Knurren meiner Wauzis hatte ich gewonnen.

„Na…Sie sind mir aber ein Scherzbold, wie? Ha ha ha", zischelte sie und zwang sich zu einem nicht überzeugenden Lächeln.

„Ja. Das bin ich wohl. Was führt sie zu mir? Werbeaktion der Guinness-Brauerei?"

„Bitte?" fragte sie offensichtlich völlig überfordert.

„Du bringen Bier?" hakte ich sicherheitshalber nach.

„Herr Boss. Ich bin Dorothea Lampe-Ötzmötz und die Kandidatin der Grünen in Ihrem Wahlbezirk", erklärte sie mir empört. „Ich bringe kein Bier!"

„Schade", stellte ich enttäuscht fest.

„Ich möchte sie um Ihre Stimme bei der nächsten Wahl bitten. Wählen sie MICH!"

„Warum sollte ich?"

„Deutschland braucht einen neuen Regierungsstil. Es muss endlich bunt werden. Und dann wäre da der Umweltschutz. Sie mögen doch Umweltschutz, oder nicht?"

„Ah ja. Die Grünen. So wie damals vor der Wahl?"

„Wie meinen Sie das?"

„Ich erinnere mich finster. Der Slogan war „Raus aus der Atomkraft. Jetzt - und nicht in dreißig Jahren!"

„Ja und?"

„Und? Nach der Wahl hieß es dann „Raus aus der Atomkraft - in dreißig Jahren. Aber nicht jetzt."

„Das sehen sie zu verbissen. Das war die Bundespartei. Hier auf kommunaler Ebene sind wir viel zuverlässiger", beteuerte der bierlose Kobold.

Ich verdrehte die Augen. Dorothea Lampe-Ötzmötz wedelte mit den Flyern vor meiner Nase herum.

„Ich glaube, ich möchte Sie nicht wählen."

„Aha. Sie sind wohl einer von DENEN?"

„Wovon reden sie?" fragte ich.

„So ein rechtsextremer Kampfhundbesitzer! Ein Uneinsichtiger. Wahrscheinlich Reichsbürger!"

„Rottweiler sind keine Kampfhunde. Aber mit Uneinsichtig haben sie recht. Ich kann partout nicht einsehen, warum ich sie wählen sollte."

„Aha. Wieder so ein Nazi", murmelte sie. „Na…sie werden schon noch sehen, was sie davon haben, Sie Extremist!"

„Vor allem wünsche ich mir, Sie nicht mehr zu sehen. Hinfort mit Ihnen! Kommen sie nur dann wieder, wenn sie einen Topf voller Gold und ein Fass Guinness dabei haben."

„So etwas muss ich mir nicht bieten lassen. Ich habe Freunde in einflussreichen Positionen. Ich komme wieder. Verlassen sie sich darauf", giftete sie.

Mit dieser Drohung verschwand sie unter dem Knurren meiner kleinen Lieblinge, die ebenfalls keinen Gefallen an ihr gefunden hatten. Nun…anscheinend war die grüne Gefahr gewichen und ich hegte die Hoffnung, niemals wieder von Frau Lampe-Ötzmötz heimgesucht zu werden.

Am nächsten Tag quoll mein Briefkasten über. Anscheinend hatte ihn jemand mit grünlichen Flyern, auf denen das Konterfei meiner neuen Freundin prangte, vollgestopft. Ich entsorgte alles in den Altpapiercontainer und beschloss, den Vorfall zu ignorieren. Plötzlich sprang der Containerdeckel auf und die knochige Hand eines zerknitterten alten Mannes reckte die Flyer demonstrativ gen Himmel.

„Nehmen sie das sofort wieder an sich, Sie Frevler!"

„Verschwinden sie sofort aus meinem Container, Herr Trittin", forderte ich ihn auf.

„Einen Dreck werde ich. Das Duale System ist meine Erfindung. Ich habe die Herrschaften so dermaßen mit

Steuergeldern vollgeproppt...wo immer Müll ist, regiere ich!" ertönte es triumphierend aus der Metallkiste. Ich schlug den Containerdeckel wieder zu und zog mich strategisch zurück. Anscheinend hatte ich meine Rechnung ohne den Wirt gemacht. Der hässliche grüne Abstinenz-Kobold hatte anscheinend doch den einen oder anderen Kontakt.

Die nächsten Tage häuften sich die merkwürdigen Vorfälle. Als ich beim Lebensmitteldiscounter meines Vertrauens einkaufte, entdecke ich plötzlich, dass sich jemand an meinem Einkaufswagen zu schaffen machte. Irgendwer hatte sich meines Fleischpakets bemächtigt und es durch 4 Pakete Tofu ersetzt. Ich will es nicht beschwören, aber mir war, als ob ich Frau Kühnast um die Regale hätte huschen sehen. Mein Einkaufswagen war voller abstoßend grüner Flyer. Plötzlich verspürte ich einen heftigen Schmerz am Kopf. Eine mopsige Frau mit einer gigantischen Warze im Gesicht hatte mir einen Sellerie an den Kopf geworfen. Sie entfernte sich zügig unter schrillem Gelächter auf ihren drallen Stampferchen.

Ich verließ fluchtartig das Geschäft, sowie ich wieder gehen konnte. Die Inspektion meines Briefkastens ergab eine neue Flut grüner Prospekte, die um regenbogenbunte Exemplare erweitert worden war. Offensichtlich hatten mich auch schwule und lesbische Junggrüne zur Zielperson erkoren. Das konnte ja heiter werden. Zur mentalen Stressbewältigung beschloss ich, einen kleinen Spaziergang im Park zu machen. Während ich so vor mich hinschlenderte, näherte sich von hinten ein asthmatisches Schnaufen. Ein feister, bebrillter, alter Mann im Jogginganzug Größe 8XL keuchte und röchelte hinterrücks zielstrebig auf mich zu.

„Bleiben sie stehen", jappste er.

Ich musterte ihn durchdringend.

„Sie sind an allem schuld!" fluchte er und wischte sich einen Schwall Schweiß von der Stirn.

Da erkannte ich ihn.

„Was in aller Welt treiben Sie denn hier im Park, Herr Fischer?"

„Joggen. Und Sie zur Einsicht bringen. Ihretwegen muss ich mich hier langquälen, statt die Welt mit schönen, sauberen Kraftwerken zu versorgen."

„Ich würde lügen, wenn ich sagen würde, dass es mir Leid täte", antwortete ich.

Er schleppte sich zur nächsten Parkbank und zog mich am Ärmel hinter sich her.

„Hören Sie, Herr Boss. Die Basis der GRÜNEN hat mich reaktiviert. Deutschland braucht uns GRÜNE. Und wir brauchen jede Stimme. Also brauchen wir SIE, Herr Boss!" Er nahm schnaufend einen tiefen Zug aus einem Inhalator, den er aus seinem Jogging-Anzug gezaubert hatte.

„Ach Quatsch. Keiner braucht die Grünen."

„Pssst. Sagen Sie das nicht. Oder zumindest nicht so laut. Wovon sollen die Grünen ohne die Gelder der Allgemeinheit leben? Das werden doch alles Sozial-fälle. Haben Sie denn kein soziales Gewissen, Herr Boss?"

„Doch. Habe ich. Und haben Ihre Freunde es mal mit Arbeit probiert?"

„Wie denn ohne Ausbildung? Hat doch niemand was Anständiges gelernt", jammerte er. Dann nahm er ei-nen weiteren Zug aus dem Inhalator.

„Was genau inhalieren sie denn da?"

„Gras. Wie alle anderen auch. Aber nicht weitersagen, mmm? Sonst explodiert der Özdemir."

„Der mit dem dubiosen Lobbyistenkredit, dem Bonusmeilenskandal und dem Gras auf dem Balkon?"

„Genau der. Und der Beck auch. Haben sie schon einmal den Beck in Aktion erlebt? Gruselig. Ich sage nur…grauenhaft."

„Die drogendealende Christel aus dem Darkroom? Das kann ich mir lebhaft vorstellen."

„Und dann erst der Cohn-Bendit." Fischer erschauerte. „Diese Kindergartengeschichten. Oh mein Gott!"

Ich konnte mir nicht helfen. Der Mann tat mir einfach nur leid. Da hatte er Dank Politik und Industrie Millionen gescheffelt und war doch nur ein Bild des Jammers und des Elends.

„Wollen Sie uns nicht doch noch eine Chance geben, Herr Boss?" bettelte er, legte die propere Stirn in Falten und setzte seinen Dackelblick auf.

„Nur, wenn es sich für mich lohnt, Herr Fischer", antwortete ich. „Und es muss diskret sein. Sonst bin ich in der Autorenwelt erledigt.

„Ich kann ihnen ein Angebot machen, dass sie nicht ablehnen werden, mein Freund!" jubelte er. „Und niemand wird es erfahren. Ich gebe Ihnen mein Ehrenwort als Politiker."

Wir sahen uns an und lachten schallend.

Seit ich bei den GRÜNEN eingetreten bin, habe ich endlich beste Zugangswege zu allen interessanten Drogen. Meine gut bezahlten Coachings für chancenlose künftige Arbeitnehmer ohne Ausbildung erfreuen sich in der Partei größter Beliebtheit. Schließlich hat man ja soziale Verantwortung. Gut – vielleicht bin ich ein wenig korrupt. Aber das sind doch alle, oder nicht? Also Schwamm drüber. Schließlich müssen wir tolerant sein. Damit kennen wir uns gut aus, so unter uns GRÜNEN.

Mein Wahl-Kumpel

Das Wahljahr hält uns allen in den Klauen. Wo ich geh und steh' – ein Stand der SPD. Ene mene muh – ein Honk wählt CDU. Wofür müssen wir sühnen? Die Stimmen für die Grünen. Wähl mich jetzt, auch wenn ich stinke – SED heißt heute Linke und good bye. Jedem seine Hölle und den Wählern zwei – FDP juchhei. AfD ist cool – wer die nicht wählt ist schwul.

Die Innenstadt war mit lustigen, kleinen Faltständen, Klappschildern, runden Tischen und spaßig bedruckten Sonnenschirmen in den jeweiligen Sektenfarben bepflastert. Auf den Tischen türmten sich Prospekte und hofften auf eine Reinkarnation dank Papierrecycling zu anständigem Toilettenpapier.

In diesem Wahljahr ging es quasi sprichwörtlich um die Wurst. Merkel oder Merkel…das war hier die Frage. Um eine Perspektive für den abgestunkenen Fuselbart von der SPD musste sich die Rotfront alleine kümmern und eine Lösung aus dem Zylinder zaubern. Im Vorstand einer Gewerkschaft, Bank, Versicherung oder Lotteriegesellschaft ging doch immer was für die Verlierer aus der politischen Elite.

Auch diesmal hatten sich wieder alle Parteien mit Kind, Kegel, Krempel und Werbegeschenken auf dem Wochenmarkt meines Vertrauens versammelt. Seit ich EDEKA wegen der permanenten Politik-Beipack-Zettel, Real wegen Halal und Lidl wegen der Kruzifix-Zensur auf dem Griechenland-Woche-Prospekt boykottierte, war mir nicht mehr viel geblieben, wo ich meine Lebensmittel erwerben konnte.

Der Wahrheit die Ehre: Einkaufen auf dem Markt ist immer wieder toll. Man trifft völlig unerwartet alte Freunde und Bekannte, plaudert, verkostet und freut sich über das Ambiente. Es gibt keine Ressentiments. Auch der anatolische Oliven- und Fladenbrotstand, der russische Teigtaschenbäcker und der polnische Wurstdealer passen harmonisch ins Gesamtbild und alle vertragen sich mustergültig.

Nun war wieder Wahlkampfzeit. Die kommunikativen, überzogen euphorischen Wahlkämpfer an den Ständen beglückten sich gegenseitig mit Blicken, die das Lichtschwert eines Darth Vaders in den Schatten stellen. Der Marktbesuch wurde zum Spießrutenlauf. Wer erst einmal einen Flyer entgegengenommen hatte, war gut beraten, auch die der Anderen zu nehmen. War man als Sympathisant einer bestimmten Wahlkampfsekte stigmatisiert, wurde es gefährlich.

Der Parcours über das Areal glich einem High-Speed-Slalom mit gesenktem Blick. Unsichtbarkeit war hier der Weg zum Sieg. Jeglichen Blickkontakt vermeiden, keine Kontaktversuche akzeptieren und auf keinen Fall Fan-Artikel annehmen. Das verpflichtete nur unnötig. Geräusche ignorieren. Olfaktorischen Fallen ausweichen und den leckeren Poffertjes aus dem Wege gehen. Der holländische Stand war immer von Wahlkämpfer-Horden umzingelt, die sich in seiner Beliebtheit zu aalen versuchten. Auch die Gratis-Weinproben hatten mehr Schaden als Nutzen in den kleinen, nur halbvollen 0,1 l Pöttchen zu bieten. Die Union lauerte hier als Legion, weil der Wein-Dealer treues Parteimitglied der Schwarzen war. Die Grünen hatten sich beim Fruchtsaftquetscher eingenistet. Wehe dem, der einen frisch gepressten Ananas-Saft einnehmen wollte. Die FDP lagerte am Käsestand - ein Schelm, wer da Zusammenhänge entdeckte.

Nachdem es mir gelungen war, allen Gefahren weiträumig auszuweichen, landete ich vor einem völlig neuen Stand. Mintfarben und mit reichlich Devotionalien in Weiß, Pink und Mint bepackt.

Die Neugier war schon immer mein größter Feind. Wohin hatte es mich nur verschlagen? Ein paar Sekunden weiter war ich im Thema: „Votebuddy" ließ grüßen. Man hatte mich gleich als Nichtwähler erkannt, was wohl an meinem Hochleistungsslalom um die Stände der Parteien gelegen haben musste.

Eine Fangfrage: „Na? Wen wählen SIE denn diesmal?" lieferte mich dann endgültig ans Messer. Anscheinend hatte man es mir angesehen, dass ich nicht regiert werden will.

„Wollen Sie ihre Stimme wirklich verschwenden?" fragte mich ein flusenbärtiger Hipster, dem ich nicht einmal einen Gebrauchtwagen gekauft hätte. „Sie könnten doch so viel Gutes damit bewegen."

Mein verwirrter Blick motivierte ihn zu weiteren Sätzen. Ich hörte seine Worte, verstand sie aber nicht.

„Wenn Sie einfach Ihre Stimme weitergeben - zum Beispiel an jemanden, der in diesem schönen Land nicht wählen darf, aber möchte – dann kommen wir ins Spiel. Ein Meilenstein der Integration."

Nun war ich mir sicher. Karneval. Aber jetzt schon? Oh Herr…lass es bitte Satire sein. Ich hakte nach und erfuhr: Votebuddy finanzierte sich über den Verkauf von lustigen Artikeln wie T-Shirts, Flyer und nicht zuletzt dem Votebuddy-Bier. Alles zu astronomischen Preisen, natürlich.

Grübelnd verließ ich den Wochenmarkt, von einer tückischen, miesen fiesen, kleinen gemeinen Idee angetrieben. Der Auslöser war der Gedanke an die Wahlurne, in der Wähler immer wieder ihre Stimmen bestatteten, damit es noch schlimmer kam, als beim letzten Mal. In einer Nacht- und Nebelaktion entwarf ich mein eigenes Programm und den dazugehörigen Flyer. Auch eine mit der heißen Nadel gestrickte Homepage beim Gratis-Seiten-Anbieter meines Vertrauens durfte nicht fehlen.

Meine Idee war grandios, baute auf Integration statt Ausgrenzung auf und war ein Meilenstein der politischen Willenserklärung. Doch bevor ich damit an den Start ging, musste ich flugs eine Partei gründen. Der Fluch der Kreativität und die tatkräftige Unterstützung von meinen guten Kumpeln Rainer und Jürgen ließ sie entstehen: Ich gründete die „Rosa-Einhorn-Feenstaub-Glitzerpups-Partei". Unser Programm: „Kuchen für alle". Die Wählerbeschaffung war einfach. Die Idee lautete: „Nehmt die Toten für die Quoten". Sie war vielleicht nicht ganz neu, erfuhr aber unter dem Stichwort Toleranz eine völlig neue Bedeutung.

Warum sollte man Generationen von Wählern benachteiligen, nur, weil sie von ihrem Recht auf Ableben Gebrauch gemacht hatten? Das war eine eindeutige Benachteiligung; ein Schlag ins knöcherne Gesicht der Altvorderen. Warum sollte Opa nicht wählen dürfen? Nur weil er tot war? Frechheit.

Wir „Einhörner" sind guten Mutes. Die Resonanz ist grandios. Nach dem Motto „Schweigen bedeutet Zustimmung" kann ich auf einige hundert Millionen Wähler zurückgreifen, die ich online in einem offenen Schreiben um ihre Stimmen und stillschweigende Zustimmung gebeten habe. Lang lebe die Toleranz. Wer nicht mitmacht, den verklage ich. So wie es aussieht, werde ich der nächste Kanzler. Und dann löse ich den Sauhaufen in Berlin auf. Versprochen.

Gardenbells

„Boss! Wir brauchen mehr Natur", enterten die Worte von „Perfect Wife" meine Ohren.

„Der Park ist gleich um die Ecke", erwiderte ich. Ein böser Fehler. Man gibt seiner Regierung keine unaufgeforderten, ehepolitisch inkorrekten Antworten, ohne dafür Buße tun zu müssen. Es kam, wie es kommen muss und wir somit zum grünen Idyll in den äußersten Randbereichen unserer kleinen Stadt.

So ein Kleingarten ist eine tolle Erfindung. Man ist am Busen der Natur, labt sich an seiner grünen, frischen Substanz, genießt Flora und Fauna und fühlt sich wieder eins mit Mutter Erde. Man hat Ruhe. Absolute Ruhe sogar, wenn man vom gelegentlichen Tirilieren der Vögel, dem Summen der Bienen und der Eisenbahn vom Bahndamm der nahegelegenen IC-Hochgeschwindigkeits-Trasse absieht.

Leider ist so ein Kleingarten Teil eines größeren Ganzen, des sogenannten Gartenvereins. Kaum eingetreten, bekamen wir die Statuten mit dem Umfang der Gelben Seiten Hamburgs ausgehändigt und mussten uns von einigen Tausend Euronen für Abstand, jährliche Pacht, technische Geräte, Pflanzen und olle Möbel in einem kleinen Gartenhaus trennen, in dem Generationen von Spinnen lustig für Heerscharen von Nachkommen gesorgt hatten. Aber so ist Mutter Natur eben - voller Leben, impulsiver Kraft und Gesundheit. Nicht umsonst hatte „Perfect Wife" nach viel und unverfälschter Flora und Fauna verlangt.

Die gab es reichlich. Nachdem wir die Fauna (vor allem die achtbeinige) aus dem Gartenhaus verbannt hatten, gönnten wir uns das erste Angrillen.

Nichts war schöner, als auf der morschen Gartenbank, am wackligen und völlig überteuert vom Vorgänger erworbenen Camping-Klapptisch das erste Grillgut einzunehmen. Steaks vom Rost, Grillkartoffeln mit Kräuterquark, Röstbrot und einem Alibi-Salatblatt dazu sind Delikatessen für Naturfreunde. Doch es kann der friedlichste Gartenfan in Ruhe nicht speisen, wenn es dem lästigen Nachbarn nicht gefällt.

Freunde kann man sich aussuchen. Bei Verwandten und Nachbarn sind die Möglichkeiten eher eingeschränkt. Und dieser Nachbar war auf der Skala der Verhaltensoriginalitäten von Eins bis Zehn locker eine Elf. Was passiert, wenn eine gelangweilte Studienrätin irgendwo im tiefsten Outback Australiens einen possierlichen Halb-Ureinwohner entdeckt und amüsant findet? Sie nimmt ihn mit als Souvenir und kurz darauf ist Paarungszeit.

Hildegunde, Lehrerin aus Überzeugung, hatte in Dave ihren australischen Exoten-Traumprinzen gefunden und in die ferne Zivilisation entführt. Dort tobten die beiden im Dauerbetrieb auf der Matratze herum, bis die böse Saat gesät war. Kaum war das Projekt Fertilität erfolgreich umgesetzt, tollten auch schon die zwei weiblichen Früchte ihrer Lenden durch das taufeuchte Grün der deutschen Kleingartenidylle. Wenn Dave schon speziell war, dann waren die Kinder nicht mehr zu schlagen. Klein Diana war die Vorzeigeschülerin, die pflichtbewusst immer den schulischen Dingen den angemessenen Vorrang einräumte und bei einer Zensur unterhalb der Eins-Plus in eine Nervenkrise fiel. Klein Concordia, die jüngere Schwester, war im Widerspruch zu ihrem Namen die Göttin der Dissonanz. Egal, was auch immer passierte: Sie plärrte im Dauerbetrieb, bis alle Vögel das Areal weiträumig mieden.

Wie – es gab keinen Kuchen? Keine Bonbons? Kein Eis? Geplärr. Leider stand Concordia auf Zucker – je mehr, je besser. Das machte sie dann so richtig schön lebhaft. Aber Dave und Hildegunde lehnten Zucker ab. Für echte Öko-Fans gab es auch kein Fastfood, Gummibärchen, Weißmehl, Getränke aus Plastikflaschen oder Bratwurst. Man trank nur politisch ökologisch korrekte Dinge. Stilles Wasser. Ganz still. Hoch im Kurs stand Pu Err Tee. Der machte schlank. Dave kaufte zwar bei Aldi Billigtoast heimlich und hoffte, dass es niemand sah, aber leider kauften wir dort auch ein. Bei anderen hingegen legte Dave großen Wert auf Gesundheit und politisch korrekte Kost. Der gesamte Verein wusste es en Detail, da Dave seine Erkenntnisse jedem, der nicht schnell genug flüchtete, in einer seltsamen Form von Aborigines-Englisch um die Ohren watschte. Dave liebte Integration. Alle durften sich seinem Kauderwelsch unterwerfen. Nicht, dass er kein Deutsch verstand - aber es war doch viel angenehmer, wenn sich die doofen Nachbarn aus reiner Höflichkeit einen abbrachen. Wenn er Konversation betrieb, dann so, dass der gesamte Verein mit über 100 Gärten Anteil nahm. Dave war nicht nur laut. Dave war eine Beschallungsapparatur. Dave war Künstler, Musiker, Ökologe, intelligent und für den Verein unverzichtbar. Mr. Down-Under litt darunter, wenn sich sein Ruhm nicht angemessen verbreitete. Also trug er selbst Sorge dafür, indem es jedem mitteilte.

Daves Garten war gut aufgeräumt. Das lag daran, dass er in unbeobachteten Momenten seine Abfälle kreativ über den Zaun ins angrenzende Naturschutzgebiet entsorgte. Als Ausgleich befreite er das Öko-Reservat von nebenan von Pflanzen, die er für nützlich oder dekorativ hielt. Dave war Tierfreud. Daher war es logisch, dass er Schnecken zentimeterdick mit Salz bedeckte und lebendig zu Tode pökelt oder den Wespen im Baum mit Tonnen von Montageschaum begegnete. Dave räumte auf. Dekorative Feldsteine blieben nie lange auf dem Grundstück anderer, wo sie nur Schaden hätten anrichten könnten.

„Boss…hast Du eine Ahnung bezüglich des Verbleibs unseres Obstes?" fragte mich „Perfect Wife" mit nachdenklichem Blick.

„Nein, Ehefrau. Aber ich denke, wir sollten dem Mysterium auf den Grund gehen."

Flugs wurde eine Überwachungskamera diskret in den Mirabellenbaum gehängt. Die Auswertung des Filmmaterials erheiterte uns beide zutiefst. Das Resultat der Auswertung des Filmmaterials: Dave half als guter Geist anderen anonym bei der Obsternte, damit nichts umkam. Er beanspruchte dafür kein Geld, verrichtet nahezu unsichtbar sein Werk und war somit der gute Geist des Vereins. Der erzieherische Aspekt: Alle bemühten sich, Ihr Obst schnell selbst zu ernten. Auch, wenn es noch grün war. Wer etwas vom Ertrag der eigenen Scholle nutzen wollte, musste fix sein. Dave war ein Meister schneller Entschlüsse. Klein Concordia wurde flugs über den Zaun gehoben und mit Messerchen und Eimer auf kleingärtnerische Kaperfahrt geschickt. Auf diesem Wege wechselte unsere Erdbeer-, Johannisbeer-, Stachelbeer- und Traubenernte sukzessive den Besitzer.

„Boss – ich finde, wir sollten das besser sein lassen mit dem Garten", stellte Perfect Wife fest. „Gärtnern ist völlig überbewertet."

Ich stimmte zu und seitdem sind wir gartenlos glücklich und frei von lauten Nachbarn. Allerdings konnte ich es nicht vermeiden, dass die Spottdrossel in mir aktiv wurde und gönnte mir einen Text zu Jingle-Bells, weil ich das Original des Liedes noch nie hatte ausstehen können. Das Werk heißt "Garden Bells" und zaubert mir jedes Mal ein heiteres Lächeln in die wind- und wetterzerfurchten Gesichtszüge. Alle dürfen mitsingen:

Gartenzeit Buddelzeit
Ho Ho Ho Ho Ho
Jetzt ist wieder Gartenzeit
und das macht mich froh...heyyy
Gartenzeit Schmuddelzeit
der Dreck liegt meterhoch
nur nicht bei dem Nachbarn,
wo er übern Zaun wegflog.

Ich buddel mich durch Gras
und werde dabei nass
die Mücke säuft mich leer
fünf Liter geb' ich her...
Der Nachbar ist so laut
gibt's keinen, der ihn haut?
Am Bahndamm unterpflügt,
Ich wäre so vergnügt.

Gartenzeit Frohsinnszeit...
Bald bin ich hier weg...
und niemanden im Gartenland
kümmert's einen Dreck...heyyy
Gartenzeit Horrorzeit
Ich geb' den Garten ab
Lebenszeit ist kostbar
Und für Nerverei zu knapp

Advent Advent

Es ist mir völlig egal, was die Welt dazu sagt: Immer, wenn es auf die Weihnachtszeit zugeht, dann will meinen Adventskalender. Basta.

Der Wahrheit die Ehre: Eigentlich kann ich Weihnachten nicht ausstehen. Es ist mir zu rührselig und die flaue Geschichte mit dem Christkind oder Jesulein hat sich spätestens seit dem Film „Zeitgeist" für mich erledigt. Auch die drei Tage der Völlerei im Familienkreis sind strapazierend. Ich mag es eher ruhig und entspannend, als quirlig und turbulent. Doch immerhin bekomme ich meinen Weihnachtswhiskey und bin somit versöhnlich gestimmt. Tochterkind aka „Terrorkrümel" liebt die totale Weihnacht, den Kalender voll antiker Schokolade, den Baum, die Geschenke und überhaupt alles. Der Baum kann nicht groß genug sein. Alles ab 2,5 Meter Höhe findet ihr Wohlwollen. Manche Teile des Festes finde ich schön. Ich mag den Glanz der Lichter des Adventskranzes, dazu eine große Tasse heiße Schokolade oder Kaffee, Dean Martin, der „Let it snow" singt und den Geruch von frischem Tannengrün. Eine gelegentliche, abendliche Feuerzangenbowle mit Keksen und Schokolade ist was Feines. Teil meines privaten, kleinen Advents-Zaubers ist das morgendliche Leckerli gut abgelagerter Schokolade mit leicht weißen Kanten aus dem konservativen Kalender. Es ist dann einfach wie damals, als die Welt noch übersichtlich und relativ frei von Stress und Ärger gewesen ist. Ich mag den Anblick des stattlichen Weißbarts im roten Mantel mit Plüschbesatz, der auf einem gigantischen, mit bunten Paketen überladenen Schlitten hockt und fröhlich sein „Ho Ho Ho" zu intonieren scheint. DAS ist dann für mich der Zauber der Weihnacht.

Wie gesagt: Ich wollte meinen Adventskalender. Auch ein paar Schoko-Nikoläuse und Weihnachtsmänner waren als Bestandteil des Rituals willkommen und unverzichtbar. Was also tat der Schoko-Junkie von Welt? Er begab sich stehenden Fußes zum Discounter seines Vertrauens, um das passende Artefakt der prä-weihnachtlichen Freuden zu erjagen. Frisch auf ans Werk. Der Mann wollte zu den Festtagen fröhlich sein und sein Naschwerk haben.

Der Anstandsbesuch bei Feinkost-Penny kam einer spontanen Ernüchterung gleich. Ein Aventskalender mit Minions? Nun...ich mag die Minions. Ich kann mich scheckig über sie lachen. Nur nicht adventlich. Ein Barbie-Adventskalender? Echt? Igitt! Nun...ich sollte meinen Kalender schon noch bekommen. Plötzlich landete mein kritischer Blick auf den Douceur Regenbogenliebe-Männchen. Grundgütiger - anscheinend hatte der politisch korrekte Genderquatsch auch Weihnachten nicht verschont. Fies feixende Nicht-Weihnachtsmänner mit Regenbogendekors grinsten mich obszön an. Auf diese Weise musste dereinst Michael Jackson seinen jugendlichen Besuchern schokoladige Bestechungen angeboten haben. Sie erschienen mir wie gewisse geistliche Herren, die den Messdienern im Beichtstuhl zeigten, wo der Erlöser die Locken und der Bischof seinen Hirtenstab hat. Regenbogenliebe? Schwule Weihnachtswichtel? Solle DAS die neue Botschaft Weihnachtens, seit die genderverrückte Politik in Deutschland Einzug gehalten hat, geworden sein?

Was mochte Santa am Pol mit seinen Wichteln treiben? Zuckerstangen-Längenvergleich in einer finsteren Ecke des Geschenkelagers? Nikolaus mit Knecht Ruprecht in der SM-Gay-Sauna? Würde demnächst Olivia Jones, was Gott verhüten möge, aus einem großen Weihnachtspaket hopsen?

Ich ließ den Blick wandern, erspähte „Zipfelmänner", die anscheinend nur darauf aus waren, ihre Zipfel stolz in Richtung der Wipfel zu recken. Verdammt. Wo in aller Welt war MEIN Weihnachten geblieben? Ich verfluchte Penny lautstark und flüchtete. Anscheinend hatte sich der Laden gerade auf meiner Boykottliste gewaltig nach oben gearbeitet.

Ich eilte weiter Richtung Innenstadt und freute mich, als ich sah, dass der Weihnachtsmarkt aufgebaut wurde. Doch plötzlich musste ich erfahren, dass es dieses Jahr keinen Weihnachtsmarkt, sondern einen „Lichtermarkt" geben sollte. Was in aller Welt ging hier vor? An einem Infostand erfuhr ich, dass man aus Rücksicht auf traumatisierte Flüchtlinge aus islamischen Ländern dazu entscheiden hatte, lieber die geschätzt 60 Millionen Rest-Deutsche zu brüskieren, als sich bei ein paar Tausenden unbeliebt machen zu wollen. Lichtermarkt? Meinten die vielleicht den originell bebarteten Fernsehkoch? Sollte vielleicht auch noch sein Kollege auf den Plan treten und aus Gründen der Gleichberechtigung einen Lafer-Markt fordern? Ich flüchtete weiter und setzte den obskuren Nicht-mehr-Weihnachtsmarkt auf meine rasant wachsende Boykottliste. Was war aus dem Nikolaus und dem Christkind geworden? Die waren religiös wie politisch auch vollkommen inkorrekt? Ich grübelte. Egal - ich wollte jetzt endlich meinen Schokoladen-Weihnachtsmann. Der nächste Laden offerierte mir die politisch korrekte formulierte Lindt-Jahres-Endfigur. Daneben stand der beliebte Nestle-Smarties-Klapperklaus. Und wieder

64

Zipfelmänner - alles voller grinsender Zipfelmänner. Wahrscheinlich ließ sich das irgendwie erklären. Aber ohne die Verwendung des Begriffs „Aliens" fand ich keine schlüssige Legende.

Mein Adventskalender war keiner mehr, meine Weihnachtsmänner auch nicht und dann – ich erschauerte – sah ich beim Kaufland Weihnachtssterne, die spontan zum Zauberstern umbenannt worden waren. Ich wusste plötzlich, was es ist…ich träumte. Doch alles Zwicken half nicht. Der Alptraum hatte Bestand.

Vorm Kaufland wurden am Info-Stand der Grünen eine Christkindin und eine genderfreie Nikotranse als drittes, undefiniertes Geschlecht als höchst überfällig gefordert. Mein Vorschlag, gegen die Diffamierung von Linkshänder-Christkindern einzutreten, wurde freudig aufgenommen. Auch vegane Schokolade, Getreide-Würstchen und türkischer Apfeltee als Pflichtkost auf Weihnachtsmärkten wurden meiner Anregung sei Dank spontan als Petition vorbereitet. Dabei hatte ich nur satirisch sein wollen. Dann ritt mich endgültig der Teufel. Da die Abschaffung der Weihnachtsbäume angedacht war, sollte als Übergang der Regenbogenbaum gute Dienste leisten. Großer Jubel bei den Grüninnen, Grünen und geschlechtsmäßig unentschiedenen Grünlingen in allen Farbschattierungen von hellem Mint, über Apfelgrün bis Dunkelgrün. Mir war das alles nur noch wurscht. Ich eilte ins Weingeschäft meines Vertrauens und danach zum Schlachter. Danach entstand mein eigener, ganz besonderer Adventskalender „Valhalla" mit 24 Flaschen Met, hübschen Trinkhörnern und einem finalen Knusperschweinchen für den Tag 24. Es geht vielleicht ohne Schokolade. Aber es geht NICHT ohne Adventskalender für einen echten Mann. Skol!

Minimax

Es klingelte an der Tür. Ich hasse es, wenn es klingelt. Das Geräusch verheißt Ärger in Form von unerwünschten Einschreiben, lästigen Klinkenputzern oder Lokalpolitikern auf Stimmenfang.

Ich öffnete und schaute nach unten. Ein kleiner, zerknittert wirkender Kerl im Erich Honecker Gedächtnismantel, mit Hornbrille und Honecker-Hut, blickte mir fragend ins Gesicht. Nach einer Minute voller fragender Blicke erhob er zitternd seine Stimme.

„Die Augen unserer Führerin blicken gnädig aufs Volk", flüsterte er.

„Hä?" war alles, was mir dazu einfällt.

„Die Augen unserer Führerin…" begann er erneut.

„Ach so. Sie wollen bestimmt nach nebenan."

„Wie? Nebenan?" hauchte er und erbleichte.

„Sie wollen doch bestimmt in das neue Ausbildungsidyll vom Verfassungsschutz", mutmaßte ich.

„Stimmt", stammelte er. „Aber woher wissen Sie…?"

„Hierher verlaufen sich alle paar Tage irgendwelche Irr…äh…Interessenten. Außerdem habe ich aus dem Fenster einen guten Ausblick auf das Garten-Areal und schaue den Leuten gern mal beim Training zu."

„Äh…ich gehe dann mal. Und bitte entschuldigen Sie die Störung", stammelte er und verschwand.

Ich schüttelte den Kopf, während mein spontaner Besucher die Klingel des Nachbarhauses erreicht hatte und mit wildem Sturmklingeln beglückte. Die Tür ging auf.

„Die Augen unserer Führerin blicken gnädig aufs Volk", hörte ich ihn wieder.

„Schäuble, Maas und Verfassungsschutz sei Dank!" ertönt die zackige Antwort.

Ich beschloss, mir den zweiten Teil der Parole merken. Damit konnte man sicherlich Schabernack treiben und Spaß haben. Wie auch immer…ich erwog, mir mal einen Ausschalter für diese blöde Klingel zuzulegen. Aber das musste warten. denn war an der Zeit für meinen Morgenkaffee und das Käseblatt. Ich schlug die Zeitung auf, überflog den einen oder anderen Artikel mit der täglichen Desinformation und überlegte wie schon so oft, wann ich das Mist-Abo endlich mal kündigte. Doch dann stieß ich mehr durch Zufall auf eine Stellenanzeige.

| Bundesamt für Verfassungsschutz | Sie sind ein politisch interessierter, mobiler Men der mit offenen Augen seine Umwelt wahrnimm Bewerben Sie sich jetzt für den Dienstort Köln a |

Mitarbeiter/in im Nachrichtendienst für die mobile Observation.

re Informationen zur Bewerbung erhalten Sie über den Karrierebereich uns
epage www.verfassungsschutz.de

endienst - la Adressen

Mobile Observation. Ah ja. Das erklärte einiges. Ich schüttelte den Kopf und gönnte mir einen Blick aus dem rückwärtigen Fenster und sah einigen ziemlich merkwürdigen Herren dabei zu, wie sie durchs Gebüsch des Nachbargrundstücks krochen und aus der Deckung scheinbar ein Richtmikrofon auf mein Haus richteten. Mein kleiner Kumpel, der noch eben vor der Tür gestanden hatte, schien Anschluss gefunden zu haben und tollte mit seinen neuen Freunden durchs feuchte Grün. Ich freute mich sehr für ihn und widmete mich wieder dem literarischen Tagwerk. Schließlich schreiben sich Bücher nicht von alleine. Leider hatte ich keine Schokolade mehr und so beschloss ich, dem Discounter meiner Wahl einen Spontanbesuch abzustatten. Nichts wie raus aus dem Morgenmantel und rein in den Jogginganzug. Business as usual.

Im Treppenhaus traf ich auf meinen neuen, possierlichen Nachbarn in grauen Kurzmantel.

„Darf ich Sie fragen, was genau Sie da mit meiner Post machen, Herr…äh?"

„Müller. Nichts für ungut, Herr Boss."

„Nichts für ungut? Sie durchstöbern meine Post und ich soll das auch noch gut finden?" meuterte ich.

Der kleine Kerl schien vor lauter Scham fast im Boden zu versinken.

„Bitte Herr Boss. Ich mache nur meinen Job. Sie wissen doch, wie es um den Arbeitsmarkt bestellt ist. Man kann es sich nicht aussuchen."

Ich sinnierte. Und dann ergriff mich das Mitleid.

„Na gut. Aber legen Sie bitte anschließend alles wieder zurück an seinen Platz. Sonst komme ich durcheinander. Verstanden?"

Müller strahlt mich an.

„Unbedingt, Herr Boss. Ich werde sogar alles für Sie vorsortieren", dienerte er.

„Heißen Sie eigentlich wirklich „Müller?" fragte ich.

„Deckname. Wir heißen alle so", weihte er mich ein.

Wir lächelten uns an. Sollte das der Beginn einer wunderbaren Freundschaft sein?

Als ich mit Schokolade bepackt zurückkehrte, kam ich nicht umhin, einem Mann, der gerade meine Mülltonne durchwühlt, auf die Schulter zu tippen.

„Entschuldigen Sie, Herr…äh…Müller?"

Er fuhr herum und starrte mich panisch an.

„Bitte seien Sie so nett, und machen hinter alles wieder sauber, ja?" bat ich ihn.

„Picobello, Herr Boss. Versprochen", dienerte er.

„Vielen Dank. Und bitte grüßen Sie ihren Kollegen von mir."

Die anschließende Sichtung meiner Post ergab, dass Müller Eins Wort gehalten hatte. Alles war akkurat sortiert und sogar die Werbepostillen waren schon ins Altpapier entsorgt worden. Guter Mann.

Meine frisch erworbene Schokolade und ich setzten uns an den Rechner. Der Monitor leuchtete blau. Blau macht glücklich? Mich jedenfalls nicht. Dann krisselten merkwürdige Hieroglyphen über den Bildschirm. Ich stürmte ins Treppenhaus an die Verteilerdose und ertappte einen weiteren Müller, der sich an der Technik zu schaffen machte.

„Herr Müller, wie ich vermute?" Er zuckte zusammen.

„Was genau treiben Sie da eigentlich?" fuhr ich ihn verärgert an.

„Da sind sie selber schuld, Herr Boss. Haben Sie nicht neulich bei ihrem Nachbarn, einem gewissen Herrn Göring, mitgegrillt?" verhörte er mich.

„Ich grille wann und mit wem ich will, Herr Müller!"

„Das können sie halten, wie sie wollen. Aber Göring ist Reichsbürger. Und Sie erhalten jetzt als Quittung unseren neuen Staatstrojaner, Sie Querulant!"

Ich schnappte ihn am Kragen und expedierte ihn aus dem Haus. Dann beschloss ich, mir etwas Luft zu machen und ging in den Garten, um ein paar Scheite Holz zu hacken. Das beruhigt ungemein. Kaum hatte ich die Axt erhoben, um das erste Scheit fachgerecht kleinzumachen, schwirrte ein Schemen durch die Luft. Der Axtkopf, sauber vom Stiel getrennt, bohrte sich neben meinem rechten Fuß ins Grün.

Ein merkwürdiger, schwarzer Hut in Melonenform steckte schwirrend im Apfelbaum. Irgendein Müller schaute schuldbewusst über den Zaun.

„Ooops", murmelte er. „Tschulligung. Kommt nicht wieder vor. Darf ich bitte den Hut wiederhaben?"

Ich zog die Kopfbedeckung mit der original James-Bond-Stahlverstärkung in der Krempe aus meinem Baum und überlegte einen Moment.

„Nein. Bekommen Sie nicht. Vielleicht später, wenn sie zeigen, dass sie beim Spielen besser aufpassen."

„Aber Herr Boss…bitte…bitte…", stammelte er.

In dem Moment erschütterte eine Explosion den Boden unter mir. Grundgütiger. Was mochte da jetzt schon wieder passiert sein? Ich eilte zum Haus. Staubwolken kamen aus dem Keller.

„Geheime Kommandosache „Kellerloch" erfolgreich abgeschlossen", hustete jemand, mutmaßlich ein Müller, aus dem Untergrund. Applaus und Jubel ertönten von tief unten. Anscheinend war dem Chaos-Team von nebenan ein großer Coup gelungen. Die Karriere der Müllers schien gesichert zu sein.

Ich zog mich zum Nachdenken in mein Refugium zurück. Der Blick aus dem Fenster auf das Gelände des Nachbarhauses stimmte mich nachdenklich.

Schwarze Melonen sirrten hin- und her, köpften den einen oder anderen kleinen Baum, bohrten sich in die Grasnarbe oder verschwanden irgendwo im Nirgendwo. Anscheinend hatten die Spionage-Azubis großen Spaß. Überhaupt war die Vielfalt der Instrumente beeindruckend. Uhren, aus denen sich Würgedraht ziehen ließ, Schuhe mit Springmesser-Klingen, Blasrohre…kein Hollywoodartikel wurde ausgelassen. Fehlten eigentlich nur noch – und richtig, da waren sie schon - drei Müllers in schwarzen Ninja-Anzügen, die auf den Fingerknöcheln durchs feuchte Grün dribbelten oder Wurfsterne schmissen. Es klingelte erneut an der Tür. Ich öffnete und sah einen Herrn mit Sonnenbrille, Schlapphut und schwarzem Anzug.

„Der Mond scheint verlegen auf diejenigen, die…ach Quatsch. Entschuldigung. Die Macht der Gewohnheit, Herr Boss." Er nickte mir freundlich zu.

„Mein Meerschweinchen trinkt keinen Wodka", erwiderte ich mit ernsthaftem Ton.

„He?" entfuhr es ihm verdutzt.

„Ein Scherz", entgegnete ich und grinste innerlich.

„Wenn ich mich vorstellen darf: Schmidt. BND. Ich habe ein Angebot, dass sie nicht ablehnen können!" Kurzum: Der BND war jetzt Eigentümer unseres Hauses. Künftig würden hier neue BND-Mitarbeiter ausgebildet werden. Ich zog also um und freute ich mich über mein neues Domizil in bester, ruhiger Lage. Perfekt eingerichtet, vom Steuerzahler bezahlt und weit weg vom Geheimdienstschrecken. Endlich wieder Frieden. Es klingelte an der Tür. Ich öffnete.

„Die Augen unserer Führerin blicken gnädig…oh!" Morgen ziehe ich wieder um.

Bunte Bundeswehr

Alle Jubel Jahre gönne ich mir einen Freitagsausflug in die kleine Eckkneipe meiner Wahl, um ein paar Darts zu werfen. Zugegeben: Ich war schon ein mal besser darin. Aber Spaß macht es noch immer. An der Theke saß bereits mein Dart-Sparring-Partner Björn und starrte missmutig auf sein Bierchen. So kannte ich ihn gar nicht. Sein lauer Job bei der Standortverwaltung der Bundeswehr trug immer zu guter Laune, viel Freizeit und einer wohlgefüllten Brieftasche bei.

„Björni, alte Säge. Was ist los mit Dir?" fragte ich nassforsch, während ich mich auf den Barhocker neben ihn quetschte.

„Alles Dreck", brummelte er.

„Was ist los mit Dir? Russischer Feindkontakt?"

„Hör bloß auf damit. Mir eh schon die gute Laune vergangen. Die spinnen endgültig!" motzte er.

„Wie denn das?" fragte ich voller Anteilnahme.

„Wir wurden umbenannt. Aus meiner guten, alten Schickelgruber-Kaserne ist jetzt die Claudia-Grühn-Regenbogen-Kaserne geworden. Politisch korrekt bis zum Erbrechen."

Björn nahm einen großen Schluck und starrte die empört die Wand an.

„Stell Dir mal vor: Über dem Eingangstor prangen die Worte: „Deutschland, Du mieses Stück...!"

„Das soll ein Scherz sein, gell?" fragte ich lachend.

„Von wegen", muffelte er und nahm den nächsten Schluck. Er war wirklich nicht gut drauf, der Björn.

„Die haben alles umgestellt. Seit uns das Weiberpack regiert, geht alles schief. Wir ersticken im Multi-Kulti-

Genderquatsch. Es gibt jetzt Tarnzelte in zartem Rosa. Die zwingen tatsächlich alle Soldatinnen, Soldaten und gendertechnisch derzeit noch Unentschlossenen dazu, gemeinsam ihre Namen zu tanzen. Ha!"

Es war faszinierend, wie meinem altgedienten Haupt-Feldwebel-Kumpel, dem die Jahre des kalten Krieges nur ein müdes Lächeln abverlangt hatten, der Schneid abgekauft zu sein schien.

„Seit wir Weibsvolk unter den Soldaten haben, gibt es sogar einen riesigen Bataillonskindergarten. Frauen bekommen nun einmal Kinder und die müssen irgendwo abgestellt werden. Ab in die Bundeskrippe. Dort lernen die Mili-Kids die friedliche Auseinandersetzung mit radikal-religiösen Fanatikern durch das nichtprovokante Simulieren einer Totenstarre."

„Das ist jetzt ein Witz, oder?"

„Von wegen. Du kennst doch die gute, alte Formalausbildung, oder?"

Ich nicke zustimmend und erinnerte mich widerwillig an das blöde Exerziergehabe auf dem Kasernenbeton. „Präsentiert das Gewehr" wurde ersetzt durch „Lehrt die Flötentöne". Karabiner sind out…Blockflöten sind die neuen Defensiv-Waffen des Heeres. Schließlich hat das die Kanzlerin seinerzeit angeregt. Unsere Arschkriecher haben das gleich 1:1 umgesetzt."

Tränen fanden sich in seinen Augenwinkeln ein.

„Stell Dir mal vor: Unser ehemaliger Kampfpanzer Leopard wurde umgebaut und heißt jetzt „Smokey". Der verfügt über einen riesigen Bratrost mit Platz für locker 5.000 Soja-Grillwürstchen, seit er umgerüstet worden ist."

„Smokey? Soja? Wurst?" frage ich erschüttert.

„Warte mal ab. Es kommt noch viel schlimmer. Geschossen wird nur noch mit Plastikwummen und Nerf-Schaumstoffprojektilen. Und wehe, jemand macht einen Scherz wie „Peng! Du bist tot!". Das wird sofort geahndet. Laut oberster Heerführung ist Wattepusten die künftige Zielübung. Das ist pädagogisch wertvoller."

„Jetzt verarschst Du mich aber", mutmaßte ich.

„Schön wärs. „Zu Befehl" ist inzwischen durch ein humorig-mürrisches „Muss das jetzt sein, ey?"ersetzt. Die Scharen von islamischen Truppenmitgliedern, die wir inzwischen haben, antworten mit dem politisch korrekten: „Verpiss Dich, Du Opfer, ey. Sonst hol isch mein Brüder." Er trötete ins Taschentuch.

Ich gab dem Wirt das Handzeichen für eine Luftentleerung der Biergläser. Björn nickte dankbar.

„Im Gegensatz zu den Deutschen dürfen die muslimischen Truppenmitglieder auf dem Schießstand aus Gründen der Traumabewältigung mit scharfer Munition arbeiten. Man weiß ja, was man seinen neuen Bürgern schuldig ist."

Das nächste Glas ging auf Ex runter.

„Und stell Dir vor: Seit der nur selten benutzte Platz vor den Inst-Hallen mit Gebetsteppichen belegt worden ist, wächst täglich der Zusammenhalt der internationalen Anteile der Truppe, während die Deutschen den Sozialdienst verrichten und die Latrinen mit ihren Zahnbürsten putzen dürfen. Die Kasernenmoschee bietet Inspirationen. Dort findet jetzt der Kasernen-Appell findet fünf mal täglich statt. Aber Achtung: Stiefelverbot. Wer da mit Schuhen reingeht, bekommt die Bastonade. Und das kann ganz schön wehtun."

Ich schaute dezent nach unten und bemerkte seine dicken Wollsocken und Sandalen. Merkwürdig.

„In der Kantine ist Halal angesagt. Wer da nicht mitmacht, bekommt nur Tofu! Das soll gegen hormonelle Anwandlungen gut sein. Ich hasse Tofu!"

„Halal? Wie muss ich mir das vorstellen?"

„Kühe und Hühner. Hinter den Garagen. Das rituelle Schächten übernimmt StUffz Mehmet. Der hat angeblich in Syrien grundlegende Erfahrungen darin gesammelt hat. Wenn er nur nicht immer dabei „Stirb, Kuffar!" brüllen würde. So langsam nervt das. Anscheinend sind die Fernseher, Telefone, Munition und Waffen verschwunden. Es ist unerklärlich. Auch ein Grillmobil „Smokey" ist abhanden gekommen."

„Habt Ihr eine Idee, wo das alles gelandet ist?"

„Dem Standortältesten wurden in der Innenstadt schon eine Kiste unserer Handgranaten und eine Panzerfaust von einem orientalischen Straßenhändler angeboten. Aber der Chef wollte nicht."

Björn schluchzte und soff abwechselnd.

„Und keine Aussicht auf Veränderung?"

„Die Uschi war da und hat alle gelobt. Jeder bekam ein Geschenk in Form eines lustigen Putin-Portraits mit Teufeshörnchen und dem lustigen Aufdruck „Ivan verrecke!"

„Na siehst Du. Alles wird gut. Immerhin zeigen sie Humor", sage ich, klopfte auf seine Schulter und trat unauffällig die Flucht an. Das mit dem Darten lasse ich künftig. Vielleicht lerne ich besser golfen.

Der kranke Boss

Was macht der Boss im Falle einer Erkältung? Er legt sich ins Bett und stirbt leise. Doch leider, leider, leider hatte ausgerechnet ein Mann eine folgenschwere und völlig hirnrissige Idee...die Homöopathie. Aus irgendeinem Grund (nennen wir ihn mal „Verkauf von unnützem Mist gegen teuer Geld") findet sich in jeder Frauenzeitung eine Begründung, warum kleine Zuckerkügelchen, die quasi frei von Wirkstoffen sind, doch so voller wunderbarer Effekte stecken. Es ist biblischen Ausmaßes: Die Blinden sehen, die Lahmen gehen...und die Tauben fliegen. Hahnemann sei Dank. So ein Blödarsch!

Ich blicke der Realität ins eiskalte, blaue Auge. Ich nehme den Mist, aber nicht, weil er wirkt. Ich nehme ihn nur des lieben Frieden willens an. Denn auch der Boss hält nicht lange dem Blick von „Perfect Wife" stand, die es schafft, Quacksalberkrams für einen Kurs zu erwerben, der den Goldpreis übertrifft. 10 Gramm lustige, kleine Globuli im Glaspöttchen für 6,00 Euro sind schon rekordverdächtig.

Die Dinger bestehen nahezu ausschließlich aus Zucker. Unterstellen wir mal einen Wirkstoffanteil von 0,1 g auf die 10 g Kullerchen (großzügig bemessen), dann kommen wir auf einen Kilopreis beim reinen Wirkstoff von satten 60.000 Euronen. Halleluja. DAS nennen wir mal großzügig kalkuliert.

Immerhin...ausgedacht hatte sich das ein Kerl. Chapeau. Gekauft wird es von Frauen. Kein Chapeau. Der eigentliche Wirkstoff in den Dingern ist hochpotenziert (30) übrigens mit ziemlich genau 0,0000 g vertreten: Es ist der Glaube, der ja bekanntlich Berge versetzt. Homöopathie ist Religion. Der Gott, dem gehuldigt wird, ist „Der Große Placebo". Nun ja…die Welt will betrogen sein.

Ich widme mich im Fieberwahn und vollgeglotterten Stirnhöhlen kurz der Möglichkeit, der Homöopathie doch noch etwas Frohsinn abzugewinnen. Sie hat immerhin Unterhaltungswert. Und wer weiß…vielleicht funktioniert sie ja doch? Versuch macht kluch. Warum sollte nur die Apo-Mafia reich mit dem Mist werden? Homöopathie rules.

Reich durch Homöopathie

Homöopathie ist ein Quell der Freude, denn sie verhilft bei richtiger Anwendung zur finanziellen Unabhängigkeit. Künftig begleiche ich meine Rechnungen mit der Technik des Homöopathic Banking. Flugs den Ordner mit den offenen Vorgängen aus dem Schrank geholt. Die Theorie ist eben so einleuchtend wie schnell durchgeführt. Ich teile allen Gläubigern mit, ich statt des ganzen Rechnungsbetrags nur einen Cent überweisen werden und das betreffende Konto dadurch genügend Information über Geld erhalten habe. Dann schüttele ich den Überweisungsträger gründlich durch. Somit habe ich den auf einen Cent verdünnten Rechnungsbetrag potenziert und so die Rechnung komplett beglichen. Hoch potenzierte Mittel haben eine stärkere Wirkung als niedrig potenzierte. Ich schüttele mich reich. Das ist ungeheuer viel Spaß für wenig Geld.

Irgendwo im Safe habe ich noch ein paar Gramm Gold und einen lupenreinen Minidiamanten Und dann schüttele ich, was die Kraft hergibt. Der Effekt ist wunderbar. Auf diesem Wege entsteht die Füllung für einen gigantischen Geldspeicher „Modell Dagobert". Ein Wunder. Ob es auch mit Geldscheinen funktioniert? Ja. Um mich flöckeln die Hunderter von der Zimmerdecke wie Schnee im Blizzard.

Gesund durch anthroposophische Homöopathie

Hierbei geht es nicht nur um den physischen, sondern auch um meinen Astralkörper. Das nennt man ganzheitliche Medizin. Feinstoffliche, bioaktive Informationen sind nicht an das Medikament gebunden und können schon vor der Einnahme den Heilungsprozess bewirken. Ein Bild zur Hilfe: Der Astralkörper sitzt bereits im Wartezimmer, lange bevor der physische Körper den Entschluss dazu gefasst hat. Die Behandlung des Astralkörpers ist sowohl fernmündlich als auch telepathisch möglich. Und siehe...es wirkt. Meine Erkältung ist verflogen. So, als wäre sie niemals da gewesen. Ich bin beeindruckt. Leider kann ich davon ausgehen, dass ich eine Arzt-Rechnung erhalte, obwohl ich gar nicht in der Praxis war. Aber das juckt mich kein bisschen. Ich zahle über „Homoeopathic Banking" und schüttele mein Handgelenk wieder wie ein Teenager während seines ersten Online-Pornos.

Praktisch angewandte Homöopathie

Ob Grillparty, Kühlschrankfüllung oder Besäufnis. Homöopathie macht glücklich.
Eine Eingebung folgend, teste ich es mit einem Tropfen Wein oder Brandy im Wasserglas. Immer kräftig rühren und immer wieder verdünnen. So werde ich der Held des nächsten Stadtfestes. Je größer, je besser. Es ist genug für alle da. Dass es funktioniert, wurde bereits vor 2000 Jahren in Galiläa bewiesen. Cheerio,

my Lord. Und das Zeug schmeckt einfach hammerlecker. Letztendlich hat sich gerade erwiesen, dass Homöopathie funktioniert. Alle Rechnungen bezahlt, alles voller Geld und lecker Stöffchen für die nächsten hundert Jahre. Was will ein Mann mehr?

Ganz einfach: Nicht aufwachen. Aber genau das passiert in genau diesem Moment. Der Rotzen ist noch da und das Geld fort. Mist. Hat nicht sein sollen.

Noch einmal für die ganz hartnäckigen Befürworter der Homöopathie und ihre Wirkung: Nach über 200 Jahren gibt es immer noch keinen Beweis, ob, wie und dass diese Therapieform wirkt. Ihre Wirkungen sind demnach entweder nicht vorhanden oder unkalkulierbar. Wie sollen dann die Risiken zu bewerten sein? Nicht auszudenken, wenn mit C- oder Q-Potenzen tatsächlich Wirkungen erzielt werden könnten. Dann gäbe es wohl auch ständig Fälle homöopathischer Vergiftungen. Wir werden permanent mit Schadstoffen aus der Luft, dem Wasser, der Nahrung und aus Dingen des täglichen Verbrauchs wie Chemikalien, Reinigungsmittelchen und Kosmetika etc. bombardiert. Ein einziges Molekül Schweröl aus der Verpackung von Frühstücksflocken oder aus den Pflanzenschutz-Stöffchen der Agrarindustrie könnte dann bereits zum Killer werden. Wie könnten wir uns davor schützen? Überhaupt nicht. Allein schon unser Trinkwasser wäre eine Dauer-Medikation. Klärwerke müssten völlig ganz anders arbeiten, als sie es tun. Und wie genau? Mehr verdünnen? Oder weniger?

Also lassen wir einfach die Kirche im Dorfe und die Globuli im Fachhandel. Reine Illusion. Was wirkt, das sind die Selbstheilungskräfte des Körpers und das macht er gratis und zuverlässig. Danke, Mutter Natur.

Früher war alles…anders

Ich erinnere mich wehmütig an früher. Somit ist es bestätigt: Ich bin alt geworden. Allerdings halte ich das Alter eher für eine Frage der Einstellung. Früher war natürlich nicht alles besser, sondern anders. Viele Dinge waren ferner und somit nicht so furchtbar präsent.

Ich verfüge über die Gnade der Geburt in einem guten Jahrzehnt und einem friedlichen Land. Der Krieg vor der Haustür blieb mir erspart. Es herrschte relative Ruhe…zumindest in Deutschland. Die Luft war frei von Chemtrails und die Geschäfte arm an Fastfood. Der Tante Emma-Laden um die Ecke war ein Quell der visuellen wie olfaktorischen Freude – Einkaufen war noch persönlich. Drei Geschmacksrichtungen Eis, die Kugel für 10 Pfennige und Milchkanne statt Tetra-Pack. Medien? Kinokarten für 4 Mark (erste bis dritte Reihe), drei Fernsehprogramme in s/w (Sandmännchen, Familie Feuerstein und Tarzan, nicht länger als 30 min) und Bücher statt Gameboy.

Drachen wurden noch aus Papier gebaut, bevor die lustig bedruckten Plastikdinger in den Tankstellen aufkamen. Opas altes Detektor-Radio stimulierte im Park den Forscherdrang. Im Sommer ging es ins Freibad. Am Wochenende war der Sportplatz angesagt. Wir spielten im Dreck und fraßen ihn gelegentlich. Probleme wurden spontan geklärt – gelegentlich mit ein paar Watschen. Ein Fahrrad war Quell der Freude. Der Besuch der Bücherei war aufregend – wir waren definitiv bildungsgeil. Gartenverein – sonntägliches Grillen und im Anschluss ab in die Wildnis. Die Türen waren offen – Diebstahl eine Ausnahme.

Gastarbeiter? Weitgehend unbekannt. Wir waren unter uns und litten trotzdem nicht unter dem Mangel von Impulsen aus anderen Kulturen. Um Herrn Schäuble zu frustrieren – wir degenerierten auch nicht durch Inzucht, abgesehen von einigen Ausnahmen in Freiburg vielleicht.

Wir blieben weitgehend unbehelligt von Uncle Sams Wander-Ameisen-Eskapaden. Korea und Vietnam waren ziemlich weit weg. Die Welt war einfach strukturiert. Wir waren gut und die Russen böse. Dann war da noch die Ostzone, in der es ziemlich unheimlich zuzugehen schien. Die Perspektive für die andere Seite: Der Klassenfeind im Westen. Aber das juckte niemanden, der mit den Kumpels Fußball spielte oder sich auf ein richtig großes Eis für 50 Pfennige - fünf wahnsinnig große, leckere Kugeln - freute.

Die Wandlung geschah langsam und kam auf leisen Sohlen. Teflonpfanne, Mikrowelle, Walkman, Video, Discman, CD-Player, Mini-Disc-Player, DVD-Player, Blue-Ray…alle paar Jahre wurde mit neuem Spielzeug auf die Menschheit geschmissen. Leute…kauft völlig unnützen Blödsinn. Kauft viel. Verschuldet Euch, um noch mehr zu kaufen. In zwei Jahren ist der Dreck eh kaputt oder hoffnungslos veraltet. Kauft noch mehr. Haste was – biste was.

Was hat uns der Mist gebracht? UNS? Nichts. Glasperlen und Feuerwasser für unsere Lebenszeit, die wir mit harter Arbeit verbracht haben, um den Müll zu bezahlen. Menschen leben nicht mehr miteinander. Im Optimalfall leben sie nebeneinander her. Durch den Fernseher und den folgenden Massenmedien-Hype wurde aus dem Kreis der Familie ein Halbkreis. Smartphone und SMS statt Gespräch. Ballern am PC statt Schwimmbad. 24-Std. TV mit Dauerindoktrinierung. Sozialleistungen ade. Niedriglohnland Deutschland. 9 Millionen Hartz-Empfänger. Reallöhne niedriger als vor 20 Jahren. Altersarmut. Pflegenotstand. Gift in Lebensmitteln, dem Wasser, der Luft, in Körperpflegeprodukten, in Kinderspielzeug und Klamotten. Menschen in Sklaverei, die nicht einmal merken, dass sie versklavt wurden.

Ca. 95% Der Haushalte haben einen PC. Die größte Bibliothek der Welt mit Interaktionsmöglichkeiten und Informationen, die den Mainstream Lügen strafen könnten. Und was passiert? Man postet sein Fressi bei Facebook oder lässt andere an peinlichen Suff-Fotos teilhaben. Man lässt sich weiterhin die Hucke von Springer und Co vollflunkern. Fußball und Titten, Brot und Spiele, Dumm und Dümmer, bespaß mich, make me happy und lass mich bitte blöd sterben. Es klappt hervorragend. Teile und Herrsche. Rechts gegen Links. Wähler gegen Nichtwähler. Arbeitnehmer gegen Arbeitslose. Nicht denken, sondern denken lassen. Nicht entscheiden, sondern andere ermächtigen. Und immer schön rein in die totale Medien- und Unterhaltungsgesellschaft. Wollte Ihr den totalen Nichtdenker? Hurra!

Unsere Kinder? Schulstress, Therapieplätze, Gewalt auf den Straßen, keine beruflichen Perspektiven. Vergiftete Umwelt, vergiftetes Miteinander, vergiftetes Leben. Das soll es sein? Unsere Kinder sind unsere Zukunft und wir sind die Zukunft für unsere Kinder, weil wir deren Zukunft gestalten. Wollen wir sie dem Altar des Irrsinns opfern? Echt? Tatsächlich? Wollen wir das? Wenn nicht – warum lassen wir es zu?

Die Frechheit regiert und wird durch die Blödheit anderer legitimiert. Recht, Ordnung, Demokratie, Bürgerrechte und Dinge wie Moral, Anstand und Sitten werden mit Füßen getreten. Überwachungsstaat bis hin zur Diktatur. Malochen bis zum Tod. Steuern zahlen bis zum Abwinken für den ganzen Unfug. RFID-Chips für alle. Und anscheinend sieht kaum jemand, wohin dieser Trend noch führen wird. Der Wahnsinn regiert. Alle tanzen dazu einen wilden Irrsinns-Pogo und klatschen fröhlich Beifall. Kann man Blödheit durch Watschen wegbekommen? Wenn ja, dann kaufe ich mir robuste Handschuhe und mache mich ans Werk.

Früher war sicherlich nicht alles besser. Aber es war menschlicher und persönlicher. Das, was uns als Fortschritt verkauft wird, ist ein Rückschritt. Und daher sehne ich mich nach „Früher". Drehen wir den Spieß doch einfach um und verzichten auf Teile des sogenannten Fortschritts von „Heute", um aus einem Rückschritt tatsächlich Fortschritt zu erzielen.

Oh…entschuldigt. Jetzt habe ich bestimmt jemanden beim Promi-Big-Brother gestört. Und wahrscheinlich klingelt gleich die Mikrowelle. Was mag da wohl Leckeres drin sein? Mama da Cozzas Fertig-Lasagne? Ein Burger von McWürg? Oder ist heute der Bringdienst mit einerm köstlichen Papp-Platten-Fladen am Werk? Lass Dich nicht aufhalten und Bon Appetit. Hoffentlich klingelt nicht inzwischen das Smartphone, das mit allen offenen und versteckten Kosten dafür sorgt, dass Du jedes Jahr 14 Tage lang für nichts anderes anschaffen gehen musst und Deine kompletten, persönlichen Daten als Dreingabe oben drauf packst.

Ich erinnere mich inzwischen wehmütig an früher. Denn früher war alles definitiv…anders.

MessiAs

Der Sonntagsbesuch bei meinem Onkel Arnulf in seiner kleinen Dreizimmerwohnung erwies sich diesmal als besonders interessant. Onkelchen neigt zu brutalem Messitum und ist auch nach dem letzten großen Ausmisten (zwei Container voller „Dinge") nicht davon abzubringen, jeden Joghurt-Becher, olle Zeitungen von sonstwann, leere Flaschen und auch das letzte Schräubchen zu lustiger Müllkunst aufzutürmen. „Jungchen!" jubelte er, als er die Tür öffnete. „Dich habe ich aber lange nicht gesehen! Komm rein in die gute Stube."

Onkel Arnulf ist in Anbetracht seiner knapp 89 Lenze noch erstaunlich gut bei Fuß. Die Rollatorgang von Altersheim nebenan hat sich schon einige Mühe gegeben, ihn für ihr Team zu begeistern. Aber der gute Mann ziert sich. Sein Weinkeller ist voll bis an die Decke mit Vino-Raritäten und da will es wohl überlegt sein, ob man sich der Gefahr einer Horde weltkriegserfahrener Säuferinnen und Säufer mit steinharten Lebern aussetzen möchte. Trotz der sich im Anflug befindenden Demenz wehrt sich seine Ratio hartnäckig und erfolgreich.

Der kleine Flur hat sich seit meinem letzten Besuch zu einem Säulengang aus aufgestapelten Büchern verwandelt. Ich muss zugeben, dass ich beeindruckt war. Nicht nur, dass es ihm trotz aller Überwachung gelingt, immer neue Bücher anzuschleppen. Er schafft es auch, filigrane Rundbögen zu gestalten. Chapeau. Hätte es noch integrierte Schädel und Knochen gegeben, so hätte es wie ein Kurzausflug in die Katakomben von Paris gewirkt.

„Stoß da besser nicht gegen!" ermahnte er mich wohlweislich und deutete auf den letzten Rundbogen am Ende des Ganges. Aber es war zu spät. Direkt vor mir sauste eine Schwertklinge nach unten, hackte einen knappen Zentimeter Schuhspitze von meinem neu erworbenen Outdoorstiefel ab und steckte zitternd im Parkett. Während meine Zehen neugierig das ihnen frisch offenbarte Territorium erkundeten, bestaunten meine Augen die Ritterrüstung, die gut verborgen im Schatten des Säulenganges Wache ihre Heimat gefunden hatte.

„Grundgütiger!" entfleuchte mir verbal das Entsetzen. „Was in aller Welt ist das?"

„Das ist Kunibert", antwortete Onkelchen zufrieden voller Besitzerstolz. „Den habe ich bei Ebay geschossen. Spottbillig!"

Ich hätte ihm niemals den Umgang mit dem Computer beibringen dürfen, so schoss es mir durch die Synapsen. Gemeingefährlich. Je oller – je doller. Zusammen hebelten wir des Blechritters Klinge aus dem teuren Eichenholzfußboden. Letztendlich war es Glück im Unglück, dass die Rüstung stehengeblieben war.

Ich tauchte weiter in den heiligen Hallen des Gottes „Fundus" ein und wusste plötzlich, wohin es mich verschlagen hatte: Ich war im Tempel des Sohnes des HERRN, des MessiAs gelandet. Und was macht man im Namen des Herrn? Man feiert das Abendmahl.

„Jetzt trinken wir mal was Leckeres", frohlockte der greise Erlöser und wühlte sich durch das Lager. Kurz darauf hatte er eine Kiste mit sechs Flaschen Oestricher Lenchen lokalisiert.

„Wo kommt der denn her?" fragte ich entgeistert, wohlwissend, dass sich im Keller noch locker 500

Flaschen der unterschiedlichsten Stöffchen aromatisch weiterentwickeln.

„Da war so ein netter, junger Mann. Der hat eine Weinprobe mit mir gemacht", informiert mich der beste Kunde der Welt.

„Und dann hast Du kräftig eingekauft?" fragte ich ihn.

„Ja. Stell Dir vor: Die waren echt großzügig. Ich habe eine Kiste bestellt und die haben doch tatsächlich zwölf geliefert."

„Zeig mir mal die Bestellung. Du hast doch einen Durchschlag bekommen, oder?"

Onkelchen kämpfte sich zum Schreibtisch vor, kramte ein wenig und stieß einen Triumphlaut aus.

„Ha! In einem ordentlichen Haushalt geht nichts unter, Jungchen. Mach mal die Flasche auf."

„Hast Du auch Gläser?" fragte ich.

„Klar. In der Küche."

Als ich meinen Weg zurück bis zum Küchentorbogen gefunden hatte, starrte mich mit giftigem Blick eine katzengroße Ratte an, die ihr Nest unter den leeren Pizza-Packungen gebaut hatte. Heftiges Knistern und Knispeln, Rascheln und Fipsen ließ vermuten, dass sie nicht allein war. Sie fauchte und zog sich zurück. Ich auch. Gott sei Dank habe ich einen Korkenzieher am Taschenmesser und machte für jeden von uns eine eigene Flasche auf. Sicher ist sicher.

„Säufer", kritisierte mich der alte Herr. Dann gönnte er sich eine halbe Flasche auf einen Zug. Was soll`s. In DEM Alter durfte er das meiner Meinung nach. Gesundheitliche Schäden waren nicht mehr zu befürchten. Der Mann war schließlich weltkriegserfahren und hat eine Leber aus Kruppstahl.

Es klingelte Sturm. Ich ging nachsehen und erblickte Nachbarn Hoppenwirth. Der sah mich an und ergriff

spontan die Flucht. Normalerweise versuchte er, Onkelchen anzuschnorren und im Optimalfall die Rück-
gabe von Geld und Gut zu vergessen. Er wusste, dass
ich es weiß und verschwand in seiner muffigen Höhle.
Es klingelte erneut. Ein dicker, pickliger Typ im blau-
en Kittel stand mit einer riesigen Lieferung TK-Fressi
aus der Tüte vor mir. Ich lieh mir Kuniberts Klinge
und jagte die winselnde Kreatur mitsamt dem überteuerten Mistfraß die Treppe hinunter, während sich
ein merkwürdiger Geselle mit einem Staubsauger an
uns vorbeischob. Von düsteren Vorahnungen getrieben, sprintete ich die Treppe wieder hinauf und ertap-
pe Onkel Arnulf im trauten Geplauder mit dem ko-
boldhaften Sauger-Verläuferling. Ich überschlug die
Kosten für eine komplette Entrümplung und Sanie-
rung der Bude und kam zu einem Entschluss.
„Heda, Staubwedel. Ich mache Dir einen Vorschlag!"
Er zuckte zusammen, als er meine diabolischen Gesichtszüge sieht.
„Du machst hier klar Schiff. Die ganze Hütte, Und
dann – und nur dann – kauft Dir mein Onkel so ein
Gerät ab. Du kommst hier erst wieder raus, wenn Du
fertig bist. Klaro?"
Er zitterte, aber traute sich nicht, sich Kuniberts
Schwert und dem irren Berserker mit Schaumflocken
vor dem Mund, der die Klinge hielt, zu widersetzen.
Kurzum: Es hat nur drei Tage gedauert und die
schnell bestellten und fast ebenso schnell gefüllten
Container waren wieder entsorgt. Dank eines kurzen
Tür zu Tür-Gesprächs zwischen Nachbarn Hoppen-
wirth, Kunibert und mir tauchten auch längst ver-
schollen geglaubte Dinge wie Onkelchens Foto-
Ausrüstung, die Küchenmaschine, sein Akkordeon

und 3.000 Euro in bar auf. So langsam fing ich an, den verrosteten Ritter in mein Herz zu schließen.

Inmitten des schönsten Getöses klingelte es schon wieder. Der Weindealer Onkelchens Vertrauens stand mit etlichen Kisten *Oestricher Haumichum* im Treppenhaus. Schwert sei Dank sah er ein, dass die Bestellung so nicht aufgegeben worden war und hinterließ als Wiedergutmachung den kompletten Fuselbestand, als er schnurstraks die Treppen hinab flüchtete, wobei er mit jedem Schritt vier Stufen auf einmal aufnahm. Inzwischen hatte der Saugerdealer ganze Arbeit geleistet. Die müllbefreite Hütte strahlte auch fußbodentechnisch in neuem Glanz. Wir begossen das Ereignis freudig mit einigen Flaschen geschenkten Weins und retteten Dank der nun ausgelösten Staubsaugerbestellung unserem neuen Kumpel die Woche.

„Hatte ich nicht mal eine Katze?" fragte Onkelchen. Irgendwo im Sauger rumorte und quietschte es bedenklich. Stimmt ja…das Rattennest war weg. Endlich. Wir ließen uns den Saugerbeutel-Wechsel genau erklären und im Anschluss klingelte Onkelchen beim Hoppenwirth und drückte ihm den vollen Beutel als Zeichen hoher Wertschätzung in die zittrigen Finger. Ich bin mir sicher, dass dieser Nachbar so schnell nicht wieder auftauchen wird.

Resümee:

Onkelchen hat einen neuen Staubsauger, laboriert allerdings noch ein wenig am Verlust der Joghurtbecher und Pizzapackungen. Auch die Rattenfamilie fehlt ihm. Aber was soll's. Ich weiß, dass er bis Weihnachten alles wieder kompensiert und neu aufgebaut haben wird. Dann bestelle ich ihm einfach einen Staubsaugervertreter vom Wettbewerb und ordere ein paar neue Container. Danach feiern wir wieder. Prost.

Wahlkampf deluxe

Der Wahlkampf ist mehr als nur ein Thema, an dem sich nicht nur die Geister scheiden. Nein...er ist eine Gottesmacht sondergleichen. Wunder über Wunder geschehen beim Urnengang. Blinde sehen, Lahme gehen und Deppen glauben, etwas von Politik zu verstehen, weil sie mal einen Politiker im TV gesehen haben. Keiner versteht, alle kommentieren, manche wählen, andere nicht, Chaos geschaffen.

Die Politik beschwert sich über das allgemeine Desinteresse der Bürger. Niemand in Berlin wagt es, den Gedanken zu äußern, dass eine gewisse Politikverdrossenheit auch daher stammen könnte, dass sich die Wähler nicht ernst genommen und nur als Stimmvieh missbraucht fühlen.

Der letzte Spießrutenlauf durch die Innenstadt, eiligen Schritts vorbei an den bunten Wahlkampständen und den jovial händeschüttelnden Kandidaten zeigte mir, wie schnell man sich durch die Politik belästig fühlen kann. Es ist kaum zu glauben, dass der Wähler als Arbeitgeber der politischen Nullnummern es nicht hinbekommt, unfähige Mitarbeiter zu entlassen.

Wie auch immer...mein Weg führte mich nicht ins Wahlkampfland, sondern ins Krankenhaus. Dort laborierte mein guter Kumpel Jürgen gerade an einem Schulterbruch, denn er sich beim Pizzatransport für einen der diversen Pizza-Dienste zugezogen hatte. Ich kann nach wie vor nicht verstehen, warum sich Menschen diese total überteuerten Mafia-Fladen bringen lassen. Flug-Pizza vom Bringdienst ist das Hinterletzte und Alfred Tetzlaff hat es mal hübsch auf den Punkt gebracht: „Weißt du, aus was Pizzas bestehen? Da wird so ein Stück hart gewordener Kuhfladen platt gedrückt, dann kommt 'n Löffel Tomatensoße drüber, man verbrennt sich den Mund - und das ganze kostet dann fünf Mark. Und schmecken tut's wie vollgepisste Wolldecke."

Bingo! Wie auch immer. Mein Kumpel schrottete sein Schulterblatt beim Spontan-Abstieg vom Pizza-Flitza-Roller und lag nun miesgelaunt im Klinikum, wo ihm neben den Trinkgeldern auch noch die satten 6,50 Euronen pro Stunde für den Hungerlohn-Job entgingen. Kaum betrat ich sein Krankenzimmer, war ich verwirrt. Eine ziemlich korpulente Dame mit roten Korkenzieherlocken und einem bunten Seidenschal, den sie um ihre Walkürenbrust geschlungen hat, saß neben ihm auf dem Bett und bewegte ihre Hand seltsam rhythmisch hin und her. Die Situation überforderte mich. Der Frauengeschmack meines Kumpels war vollkommen anders. Er fand schon immer, dass Lebenszeit zu kurz sei, um sie mit hässlichen Frauen zu verbringen.

Vom Geräusch der Tür aufgeschreckt, wendete sie sich mir zu, starrte mich an und errötete wie ein frisch gekochter Hummer. Mein Gott! Es fiel mir wie Schuppen von den Augen. Ich kannte diese Person. Es handelte sich um Helga Litmanovski-Schnarrenpflug, die Gleichstellungs- und Toleranzbeauftragte unserer Stadt und grüne Lokalpolitikerin aus Leidenschaft. Anscheinend hatte sie meinem schlafenden Kumpel gerade einen Kugelschreiber (grün) in die Hand gedrückt und führte seine Finger, um ein paar Kreuzchen auf einem Briefwahlzettel zu erhaschen.

„Darf ich Sie fragen, was sie da machen?" erkundigte ich mich und trieb sie in eine hoch peinliche Verzweiflung. Seit der Schneeflöckchen-Begebenheit kannte sie mich nur zu genau und wusste, dass sie in mir keinen Verbündeten finden würde. Sie ergriff, noch immer puterrot, die Flucht und ließ Kugelschreiber und Wahlzettel zurück. Kumpel Jürgen grunzte und kam langsam zu sich.

„Irgendwie muss ich eingenickt sein", brummelte er und musterte mich. „Seit wann bist Du denn hier?"

„Gerade reingekommen. Sag mal…hast Du was mit der dicken Grünen?"

„Grundgütiger. Dann war das also doch kein Traum?" murmelte er noch wie betäubt. „Da war so ein fetter Albtraum in bunt. Die hat mir Pralinen gebracht. Willst Du vielleicht auch eine?" fragte er und deutete auf den kleinen Tisch neben dem Bett.

Mir war das Angebot recht. Ich mag Schokolade. Vor allem zu einem starken Kaffee. Also probierte ich eine. Als ich eine Stunde später wieder zu mir kam, entwickelte ich eine ungefähre Ahnung von dem, was hier passiert sein mochte.

„Ohhh…mein Schädel", stöhnte ich.

„Was war denn los?" fragt mich mein Freund. Du bist ja eingepennt wie vom Vorschlaghammer getroffen."

„Das müssen diese verf…ten Pralinen gewesen sein", mutmaßte ich. „Die nehme ich mal besser mit, wenn's recht ist. Oki?"

Er nickte zustimmend.

„Apropos…wolltest Du dieses Jahr eigentlich wählen?" fragte ich ihn.

„Ich? Bloß nicht. Bei der Auswahl zwischen Pest und Cholera verzichte ich lieber ganz."

„Habe ich mir gedacht", kommentierte ich. „Bis später, mein Freund. Ich habe so einen Verdacht und gehe das lieber mal überprüfen."

Beim Verlassen seines Zimmers stellte ich fest, dass überall auf den Gängen und den Zimmern merkwürdige Gestalten mit Pralinenschachten in den Händen und randgefüllten Pappkisten mit Zetteln hin- und her huschten. Das ganze Klinikum war voller Helga Litmanovski-Schnarrenpflug-Klone, die den klammen Fingern der mit KO-Tropfen narkotisierten Patienten Unterschriften abrangen. Besonders beliebt schien die Intensivabteilung zu sein. Dort muss man nicht mal sedierendes Naschwerk verteilen. Intensivpatienten sind nicht für ihre Gegenwehr berühmt. Die Analyse der Pralinen ergab K.O.-Tropfen, die einen Elefanten gefügig gemacht hätten. Sherlock Boss erwachte und ging auf Spurensuche. Das Ergebnis: Die Grünen gingen auf Stimmfang bei den Siechen und Dementen. Die Roten hatten sich auf die Kindergärten spezialisiert und tauschten gerade Lollies gegen Unterschriften, egal, wie alt die neuen Wähler auch sein mögen. Doch den Vogel schossen die Schwarzen und die Gelben ab, die ich auf dem Hauptfriedhof beim Aufschreiben der Insassen der Grabstätten erwischte. Das neue Prinzip hieß anscheinend: „Nutzt die Toten für die Quoten". Der Triumphschrei des FDP-Kandidaten beim Entdecken eines Familiengrabes mit locker 20 eingekellerten Verblichenen gellte mir noch stundenlang in den Ohren. Seit die Wahlbeteiligung zurückgegangen ist, ist immerhin die Kreativität der Wahlkämpfer drastisch angestiegen. Es ist schon schlimm genug, wenn sich die Wähler verwählen, was man gern bei der Stimmauszählung korrigiert. Aber Nichtwähler? Das geht überhaupt nicht. Kaum zuhause, fand ich die Wahlbenachrichtigungen für unsere Kaninchen vor und habe sie ihnen gleich vorgelegt. Sie haben alles geschreddert. Kaninchen haben den politischen Durchblick. Das Konfetti liegt nun im Umschlag. Ich bin gespannt auf das Wahlergebnis.

Urlaub am Mittelmeer

Es war wieder einmal Zeit für einen abendlichen Abstecher in meine Lieblings-Dartkneipe. Nichts geht über gepflegtes Pfeileschmeißen im Kreise der guten, alten Kumpels. Doch heute war alles anders als sonst. Die ehemals so gemütliche Kneipe war zu einer Shisha-Bar mutiert. Alles war voller Teppiche, Wasserpfeifen, Messing-Hinguckerchen und roch - wie soll ich es sagen - fremdländisch.

Meine alten Kumpels lokalisierte ich nicht sofort. Ich hatte blond und blauäugig erwartet, traf jedoch nur auf braungebrannte Haut, dunkle Haare und schwarze Augen. Ich fühlte mich, als ob es mich aus einem nicht nachvollziehbaren Grund in ein Parallel-Universum verschlagen hatte. Was in aller Welt war passiert?

Ich klopfte einem der offensichtlichen Araber auf die Schulter, in der Hoffnung, dem Mysterium auf den Grund gehen zu können. Er drehte sich um, grinste mich an und zeigte mir 32 strahlend weiße Zähne.

„Heyyy! Boss, Alter! Du warst aber lange nicht hier, stimmts?"

Ich starrte ihn fassungslos an. Mein Kumpel Norbert, groß, norddeutsch, blond, blauäugig und so deutsch, wie man es sich nur vorstellen kann, hatte sich eindeutig zum braungebrannten, dunkelhaarigen und braunäugigen Beduinenabkömmling gemausert.

„Norbert? Bist Du es wirklich?" stotterte ich.

„Da staunste, was?" feixte er. Dann brüllte er in die Menge der anderen Südländer: „He Leute. Schaut mal, wer da ist. Der Boss!"

Alle drehten sich um. Ich war perplex.

„Kann mir das bitte einer erklären?" stöhnte ich und ließ mich auf einen Kamelhocker sinken. „Und ein Bierchen wäre nett."

Die Jungs hockten sich neben mich auf die tiefliegenden Sitzgelegenheiten. Irgendwer drückte mir einen Halben in die Hand und ein paar Schlucke später kam ich wieder in ruhiges Fahrwasser.

„Eigentlich ganz einfach", begann Norbert. „Wir alle haben gelernt, mit der Zeit zu gehen."

„Wie jetzt? Mit der Zeit gehen?" Ich verstand nur Bahnhof.

„Ganz einfach, Boss. Wir haben und seit geraumer Zeit gefragt, warum für Deutsche keine Kohle da ist und unsere Neuzugänge der Segen tonnenweise locker gemacht wird. Opa Heinz hatte dann die Eingebung."

„Heinz? Der Team-Urälteste? Wo steckte denn der alte Mann? Ist der jetzt auch Südländer?"

„Aber so was von. Doch dazu später mehr."

Alle grinsten mich an.

„Wir sind gerade zurück. All-Inclusive Urlaub am Mittelmeer. Und alles auf Staatskosten. Geil, gell?"

„Urlaub auf Staatskosten? Ihr vereimert mich doch?" fragte ich ungläubig.

„Nein. Im Gegenteil. Es war alles total easy. Heinz hat alles für uns geklärt. Zuerst haben wir uns über ebay syrische Pässe gekauft. Total einfach und billig. Und dann haben wir die Tour gemacht. Ab zur Sparkasse. Konto eröffnet. Dann zur Arbeitsagentur. Jeder von uns hat erst mal Stütze beantragt. Natürlich in einem Dutzend unterschiedlicher Gemeinden. Das merken diese Idioten sowieso nicht. Und schon waren wir im Geld."

„Und davon seid Ihr dann in Urlaub gefahren?"

„Nein. Natürlich nicht, Du Dusselchen", lachte er und die anderen stimmten mit ein.

„Dann haben wir die „de Maiziere-Stütze für Rückkehrwillige" in Anspruch genommen. Immerhin 6.000 Ocken pro Partei."

„Und das gab es einfach so? Ist das nicht an Bedingungen geknüpft?" fragte ich fassungslos.

„Eigentlich ja. Aber die waren so froh, dass es jemand in Anpruch nimmt, dass es jeder bar auf Tatze bekam. Voll der Brüller, die Nummer."

Ich verstand die Welt nicht mehr.

„Besonders geil: Die deutschen Banken vergeben Kredite an unsere Neuzugänge ohne groß Fragen zu stellen. Merkel will das so und der Staat haftet. Das ist wie Monopoly für Arme mit einem Spielbrett, das nur aus „LOS-Feldern" besteht. Gehe auf LOS und ziehe 20.000 Ocken ein", lachte er laut. „Die sind so doof, dass sie die Schweine beißen!"

Ich suchte nach Halt, fand jedoch keine Stütze an dem blöden Hocker und sank auf den Teppich.

„Dann ging es zum Flughafen. Den Bus hat uns die Arbeitsagentur gesponsert. Guter Service und vollkommen unbürokratisch. Kann man empfehlen, den Laden. Na ja…und dann ging es in den Flieger nach Damaskus mit den Emirates in der ersten Klasse."

„Aber was in aller Welt wolltet Ihr denn ausgerechnet in Syrien? Ist da nicht Krieg, Aufruhr, Mord und Todschlag an der Tagesordnung?"

„Alles Quatsch und Ammenmärchen aus den Medien. Geniales Reiseland. Nun gut…es gibt ein paar Ausnahmen. In Damaskus sieht es wirklich übel aus. Aber ansonsten ist überall Ruhe und Frieden."

„Aber was suchen dann die ganzen Syrer in Deutschland?" erkundigte ich mich fassungslos.

„Saaach mal, Alter. Du bist doch sonst so ein helles Köpfchen. Konntest Du meiner Rede nicht folgen?"

„Doch. Schon. Aber das geht doch nicht. Wenn das jeder machen würde?" empörte ich mich.

„Macht jeder. Wie auch immer. Wir kamen also bei bestem Reisewetter an. Geiles Hotel in Latakia. Leere, saubere Strände, strahlende Sonne, blauer Himmel sowie Spitzenküche und genialer Service."

So langsam zog die Erkenntnis in mein gequältes Hirn ein und entfachte ein Feuerwerk der Begeisterung ob der Möglichkeiten, die sich plötzlich boten.

„Nach zwei Wochen Luxus mussten wir uns leider der lästigen Arbeit widmen."

„Arbeit? Welche Arbeit?"

„Na ja…wir mussten doch wieder zurück nach Deutschland für den zweiten Teil des Programms!"

„Welches Programm?"

„Abwarten Du solltest, mein junger Padawan. Gleich Du klüger sein wirst, Grünschnabel!"

Ich harrte der Dinge.

„Wir mussten unauffällig zurück nach Deutschland. Also verfügten wir uns mit einem eigens dafür ange-mieteten Bus zuerst in die Türkei und dann nach Grie-chenland. Ging alles easy mit ein wenig Bakschisch."

„Wieso Griechenland?"

„Ganz einfach. Da sind die Original-Syrischen Pässe am billigsten. Jeder von uns hat sich reichlich mit den Dingern eingedeckt. Kostet ein paar hundert Euronen pro Stück. Wir brauchten neue Papiere. Die alten sind in Deutschland inzwischen bekannt. Klaro?"

Ich nickte, ohne die Tragweite zu verstehen.

„Jeder von uns hat für 10.000 Euronen ein Pass-Paket gekauft. 12 Pässe für jeden Mann, 4 für Ehefrauen und 25 für Kinder. Gab es alles in Heraklion beim

Kiosk unseres Vertrauens. Supi-Qualität. Danach ging es mit dem Bus über die Balkan-Route ab nach Deutschland und dann über die grüne Grenze. Hundert Kilo Gras transportieren sich einfacher, als man glaubt, wenn man Flüchtling ist. Das machte alles so richtig profitabel. Reisen kann so schön sein. Natürlich haben wir uns alle die Haare gefärbt und Kontaktlinsen eingesetzt. Man will ja nicht auffallen."

Ich grübelte vor mich hin.

„Wir kamen dann in Berlin an. Zuerst haben wir uns den Spaß gemacht, alle Deutschen als Ungläubige Hurensöhne und -töchter zu beschimpfen. Aber das war nur, um uns authentisch wirken zu lassen. Ein schlechter Ruf muss hart erarbeitet werden."

„Und damit seid Ihr tatsächlich durchgekommen?"

„Aber sicher. Dann ging es nichts wie hin zur Arbeitsagentur. Ein Dutzend Mal Geld beantragen unter neuem Namen. Läuft ja leider nicht von alleine, gell?"

Ich war baff. Es war beeindruckend und von bestechender Logik.

„Und was ist nun mit Heinz?" erkundigte ich mich?

„Der will nicht mehr. Er hat ausgesorgt. In Berlin hat er auf einem Orientalen-Schwarzmarkt vier Frauen gekauft. Alle unter 16. Seitdem ist er mehr als ausgelastet und hat Schonzeit. Seine nicht vorhandenen 30 Kinder erwirtschaften so viel Kindergeld, dass er sich eine Villa in Cuxhaven leisten kann. Der weiß, wie's geht!" meinte er anerkennend.

In 14 Tagen wird das Team den nächsten Urlaub nach bewährtem Prinzip einlegen. Ich wurde eingeladen, mitzumachen. Eigentlich wollte ich absagen. Aber Frau Boss besteht darauf, dass ich mich mal so richtig erhole und freut sich schon auf den kommenden Geldsegen. So sei es! Bis demnächst dann mal.

Schönheit kennt keinen Schmerz

„Ich schenke Euch was", sprach Mutti und drückte mir einen Umschlag in die Hand.

Ich mag Geschenke, insbesondere wenn sie in einem Umschlag daherkommen. Das verspricht Geld, Konsum und gute Laune. Ganz in Gedanken verloren investierte ich den Inhalt des Umschlags bereits in ein paar neue Bücher, ein paar Flaschen Rotwein und andere Annehmlichkeiten des Alltags.

Freudig öffnete ich, fand einige Unterlagen nebst bunten Bildchen vor und war einen Moment verwirrt.

„Äh…was genau ist das?" fragte ich und setzte ein dezentes Lächeln auf.

„Na…Urlaub!" Mutter wirkte leicht empört.

„Urlaub?"

„Ja. Zwei Wochen Wellness und Fitness für zwei Personen im „Haus Seelenfrieden". Ein total angesagtes Sanatorium für Prominente. Irgendwo im Osten. Ihr habt Urlaub nötig. Und schließlich", sie musterte mich durchdringend und abfällig zugleich, „schließlich müsst Ihr mal wieder was für die Gesundheit tun. Du hast schon wieder zugelegt."

Wellness ist eine insgesamt schöne Angelegenheit. Also ergab ich mich in mein Schicksal, präsentierte nach meiner Rückkehr „Perfect Wife" das Geschenk und dem Nachwuchs die frohe Kunde von 14 Tagen sturmfreier Bude. Und nach einigen Vorbereitungen reisten wir ab und zugleich an.

Das „Haus Seelenfrieden" erwies sich als eine pompöse Villa im Stil „Munster Manor" mit kleinen Abnutzungserscheinungen in einem parkähnlichen Areal mit uraltem Baumbestand und eigenem Friedhofsareal. Die moosbedeckten Grabsteine zwischen den

Trauerweiden sorgten für eine ungezwungene, nahezu heitere Atmosphäre. Ich beschloss, das Gelände, das ich insgeheim bereits „Klein Transsylvanien" getauft hatte, demnächst genauer unter die Lupe zu nehmen.

„Perfekt Wife" hatte bereits das Auto von Ihren diversen Koffern, Köfferchen, Taschen und Täschchen befreit und alles in die Lobby geschleppt.

Dann schnappte ich mir meine kleine Reisetasche mit Zahnbürste, Seife, Jogging-Anzug und Bademantel und schlenderte fröhlich entspannt hinterher.

In der Lobby, die dem Empfangsbereich einer viktorianischen Spukvilla entsprach, begrüßte uns eine hübsche Blondine a la Marylin Munster mit einem charmanten Lächeln und eindeutig osteuropäischen Akzent.

„Härzlich willkommän in Haus Säälenfriedän. Iiich biiin Frau Meiääär. Hattän Sie gutä Faaahrt?"

„Perfekt Wife" tastete nach meiner Hand, fand sie und krallte sich fest. Hoffentlich gab es im Haus eine Maniküre.

„Bittä füllen Anmäldung spätär aus. Mitarbeitär Härr Igooor Klopsky bringt Sie auf Zimmär! Bäeilung. Bald Ässänszeit!""

Ein riesiger Kerl, der mich fatal an Lurch aus der Adams-Family erinnerte, schnappte sich das gesamte Gepäck von „Perfect Wife", nickte uns zu, grunzte kurz und wankte die pompöse Treppe empor. Kurz darauf waren wir angekommen und angenehm überrascht.

„Bekommen wir was zu trinken?" erkundigte ich mich vorsichtig. Ich wollte den Koloss nicht reizen.

Herr Klopsky grunzte und wies mit einer ungeheuer großen, schwieligen Hand auf ein kleines, reichhaltig und filigran verziertes Schränkchen in Sargform direkt neben dem mächtigen Himmelbett a la Louis Quinze. Es erwies sich als Minibar voller Wasserfläschchen. Nachdem ich eine Fledermausfamilie aus dem riesigen Kleiderschrank (17. Jahrhundert) vertrieben und alles eingeräumt hatte, freute ich mich auf das Mittagessen und war schon gespannt auf die kulinarischen Höhepunkte in unserem Fitness-Tempel. Wir begaben uns in korrekter Dinner-Kleidung elegant Arm in Arm die pompöse Treppe hinab und folgten dem großzügig ausgeschildertem Weg zum Speisesaal. Wäre ich nicht über die wie aus dem Nichts aufgetauchte schwarze Katze gestolpert, die fauchend ihre spitzen Zähne in meine Wade schlug, wäre es der Auftritt meines Lebens gewesen.

„Perfect Wife" schüttelte missbilligenden Blickes ihr Haupt. „Nirgends kann man sich mit Dir sehen lassen", zischelte sie und setzte dann ihr verkniffenes Lächeln für besondere Anlässe auf. Ich war dank jahrzehntelangem Training nicht sonderlich beeindruckt und freute mich auf ein Steak.

Hochlehn-Stuhlwerk, weißes Leinen auf dem Tisch, Silberbesteck, feinstes Porzellan, Kristallgläser und Karaffe...alles versprach ein kulinarisches Erlebnis. Unsere Servierkraft, Fräulein von Krolock, trug die Suppe auf, die so klar wie frisches Quellwasser war. Sie schmeckte auch so. Meine höfliche Frage, um was es sich dabei handele, beantwortete sie mit der Bestätigung meiner Vermutung.

„Frischä Suppä von Quällwassär miiit Möhränscheibä und miiit ohnä Saaalz. Iiist Diät."

Ich hoffte noch immer auf das blutige Steak danach. Doch das einzige blutige Ding auf dem Teller des nachfolgenden Hauptganges bestand aus einem Stückchen Blutorange, das auf einem einsamen Salatblatt drapiert sein trostloses, fettfreies Dasein fristete. Daneben lag eine Scheibe gedünsteten, salzfreien Tofus, die mir anscheinend das Leben verschönen helfen sollte. Da echte Männer keinen Tofu essen, ließ ich die dubiose Scheibe Isoliermasse diskret in meiner Jackentasche verschwinden. Man weiß ja, was sich gehört. Danach folgt wieder kein Steak, sondern ein Dessert in Form einer Weinschaumcreme frei von Wein, Creme, Aroma, Farbe und Nährwert. Eindeutig…hier wusste man diätgerecht zu tafeln.

Fräulein von Krolock erschien wie aus dem Nichts und legte ein kleines Silbertablett mit einem Pergament auf den Tisch. Es war leider nicht die Speisekarte mit einem Gelöbnis der Veränderung, sondern der Trainingsplan für die nächsten Tage. Demnach hatten „Perfect Wife" und ich im Anschluss ein Stelldichein mit Frau Dr. Krupp, der Leiterin der medizinischen Anwendungen.

Frau Dr. Krupp erwies sich als hageres, hakennasiges mumienartiges Wesen mit Triefaugen im weißen Kittel. Zuerst scheuchte sie uns auf eine Balkenwage aus der Zeit der Hexenprozesse, vermerkte die Ergebnisse und musterte uns durchdringend abschätzig.

„Zuärst müssän wir bätrachtän Problämzonän!" erklärte sie uns.

„Habä…äh…habe ich nicht", stellte ich fest. Perfect Wife nickte zustimmend, wobei sie wohl eher die eigene Erscheinung meinte.

„Sie siiind fätt!" stellte Frau Dr. Krupp fest. „Abscheuliiich fätt. Ihrä Haut ist naaarbig und värschmutzt. Tonnän von totär Haut. Tränensäckä. Hängändä Haut am Hals. Niiicht sähr älastisch."

„Ja…aber was machen wir denn da?" erkundigte sich „Perfect Wife" mit entsetzter Stimme.

„Nähmen Crämä", erläuterte Frau Dr. Krupp und drückte uns jeweils eine riesige Tube al la Silikonkartusche in die Hand. „Wir müssän äntfättän, trimmän und liftän. Daaanach wir enthüllän und heilän innärä Schönheit. Und nuuun Fättmässung!"

Frau Dr. Krupp, die ich insgeheim nur noch Nosferata nannte, kniff uns mit einer merkwürdigen Zange in die Notvorratspolster für den sibirischen Winter und schüttelte wieder missbilligend den Schädel. „Fätt!"

Sie kritzelte mit ihren Spinnenbeinfingern einige Dinge auf ein Pergament, drückte es „Perfect Wife" in die zitternden Finger und scheuchte uns mit einer wedelnden Handbewegung wie lästige Fliegen aus ihrem Allerheiligsten.

Das Programm erwies sich als umfangreich. Anscheinend waren wir tatsächlich für die nächsten Tage voll verplant worden, wobei die Trimmgeräte am harmlosesten wirkten. Doch zuerst stand ein lockeres Aufwärmprogramm an der frischen Luft an. Und kurz darauf ächzten und keuchten wir, begleitet durch die anfeuernden Rufe eines rumänischen Drill-Instructors, durch das Parkgelände des Sanatoriums, schwitzen uns die Seelen aus dem Leibe und verfluchten dieses Urlaubsgeschenk.

„Schönheit kennt keinen Schmerz", ächzte „Perfect Wife" und quälte sich Schritt für Schritt vorwärts. Ich hing hinterher und hatte keine Luft für Plaudereien.

Nach dem Sport folgte ein Aufenthalt im Wellnessbereich. Ich war mir sicher, dass Frau Dr. Nosferata wegen verbotenen Experimenten am Menschen vor Gericht gestanden haben musste. Eiswassergüsse, Extremsauna mit 125 Grad, Auspeitschungen mit Birkenruten und Abreibungen mit Salz brannten sich für immer in das Gedächtnis ein.

„Kommän miiit!" forderte die medizinische Bademeisterin, Frau Frossst, „Perfect Wife" auf. Wir klammerten uns hilfesuchend aneinander, doch unser Widerstand wurde gebrochen und „Perfect Wife" hinfort gezerrt. Der Anblick ihrer weit aufgerissenen Augen wird mich bis in alle Ewigkeit begleiten. Wenige Minuten später vernahm ich ihre spitzen, schrillen Schreie aus der Entfernung. Nach einer halben Stunde nahm ich meine zitternde, schluchzende und völlig verstörte Frau in die Arme und brachte sie in die sichere Zuflucht unseres Zimmers. Die unfreiwillige Wachsbehandlung der Bikinizone sollte für sie eine Quelle nächtlicher Albträume werden. Das Abendessen ließen wir ausfallen. Es hätte eh keinen Nährwert gehabt. Erstaunlicher Weise wirkte die Antifaltencreme Wunder. Bereits nach der ersten Anwendung verspürte wie eine signifikante Straffung der eingekleisterten Stellen. Wir fielen erschöpft auf unser Bett und in einen traumreichen Schlaf ohne Erholungswert.

Der nächste Tag kam und mit ihm der nächste Schrecken. Nach dem Vor-dem-Frühstück-Outdoor-Fitness-Programm gab es eine Massage durch Olga und Oksana. Sie führten während der Ausübung ihrer sadistischen Profession wilde und unverständliche Dialoge, unterbrochen durch wildes, kehliges Gelächter. Wir lagen, litten und wussten, dass es sogar Koteletts besser hatten. Apropos Koteletts...der Hunger quälte uns. Doch...oh Freude...der Frühstückstisch bot uns ein Frühstücksei für zwei und eine halbe Scheibe Toast. Ich nahm es „Perfect Wife" übel, dass sie mich angefaucht, mir in die Hand gebissen und gierig angeschaut hat. Vielleicht sollte ich die folgende Nacht doch lieber im Schrank schlafen?

Frau Frossst inspizierte im Wellnessbereich erneut und offenbar angeekelt unsere Haut.

„Grääässlich. Schlimmstär Fall seit damals Tommy Lee Jones. Abär dän habän wir fiiit bekommän. Sieht heutä aus wie frohwüchsigäs Färkel. Haaat nuuun straffä Haut wie Claudia Roth."

Im Anschluss landeten wir im Grab der lebenden Leichen, dem Fangosumpf, wurden in Folie mumifiziert und, so sagte man uns, vom Schmutz, Abfall und Giftstoffen, die sich in den Poren angesammelt hatten, befreit. Dann folgte die Hornhautentfernung mit der Mini-Flex. Und dann mussten wir wieder joggen.

Der Mittagstisch bog sich unter der Last eines großen Salatblatts ohne Dressing, aber mit einem Radieschen und einer Zwiebel. Als ich um Knoblauch bat, stieß Fräulein Krolock ein scharfes Zischen aus und verschwand wie im Nichts. Aber wir bekamen wegen unserer kooperativen Art zur Belohnung eine große Zitronenlimonade, bestehend aus einem Liter Wasser und einem Zitronenscheibchen. So ließ es sich leben.

Die Nacht war unruhig. Ich hatte mich im Schrank verschanzt, lutschte am Zitronenscheibchen, dass ich aus dem Essbereich geschmuggelt hatte und versuchte, das Kratzen und Scharren an der Schranktür von „Perfect Wife" zu ignorieren.

„Mein Schatzzz", hörte ich sie murmeln. „Er ist ein Dieeeb. Wir hassen ihn. Gib uns den Schatzzz!"

„Nichts da", murmelte ich und lutschte weiter an dem Südfruchtfragment. „Nichts da". Plötzlich entdeckte ich die Tofuschnitte in meiner Jacke, schob sie durch eine Ritze des Schrankes und erkaufte mir damit etwas Burgfrieden. Als ich mich im Morgengrauen aus meinem sicheren Schrankversteck traute, traf ich „Perfect Wife" satt, aber schweigsam an. Anscheinend hatte sie die beiden großen Tuben Gesichtscreme ausgelutscht und befand sich in einem Zustand, der als gefahrlos bezeichnet werden konnte. Ich verfluchte mich innerlich, weil nicht selbst darauf gekommen war. Der Tag nahm seinen Lauf. Das Frühstückssalatblatt blieb komplett für mich, weil die Gnädigste den Mund nicht aufbekam. Merkwürdig. Aber egal. Ich mümmelte genießerisch an der Rohkost. Danach wurde wieder gejoggt, gewellnesst, wieder gejoggt, den Hügel hinauf, den Hügel hinab und um den Friedhof gespurtet. Es kam zu einer unschönen Szene, als sich andere Kurgäste in ein Wildschwein verbissen hatten, dass unvorsichtiger Weise das Areal betreten hatte. Ich beschloss, später nachzusehen, ob von der Wutz noch etwas übriggeblieben sein sollte. Aber es gab nur noch eine Handvoll Borsten. Mist.

Am Nachmittag gab es einen Produktverkauf zu Sonderpreisen. „Perfect Wife" verprasste Ihre Talerchen für die brandneue Guido Maria Glöööglein FitnessKollektion. Ich hingegen erwarb zwei 10 kg Tuben von der scheinbar leckeren Gesichtscreme, die zudem die Haut so schön straffte. Eine legte ich aufs Bett. Die andere verschwand mit mir im Schrank und siehe – auch mein Hunger war Geschichte. Wie soll ich sagen…irgendwie bekamen wir die zwei Wochen herum und haben tatsächlich sichtbar abgenommen. Ach ja…auch die Haut ist viel straffer geworden. Daher haben wir Mutti als kleines Geschenk eine große Tube mitgebracht. Aber sie hat sich uns gegenüber sehr unmanierlich benommen, indem sie die Frage stellte, was sie in aller Welt mit 10 kg Hämorrhoidensalbe anfangen sollen würde. Mutter nun wieder. Undank ist der Welten Lohn. Ich habe die leckere Creme behalten und genieße sie täglich wie neulich bei der Kur.

Adolf ist überall

Ich weiß, dass ich selbst schuld bin, aber ich konnte es einfach nicht lassen. Jeden Tag in aller Herrgottsfrühe, um nicht zu sagen in allertiefster Nacht gegen 10.00 Uhr, gönne ich mir einen Guten-Morgen-Kaffee und einen Blick in die alltäglichen kleinen Katastrophen via Internet. Und dort erfuhr ich unlängst durch den MDR, dass der Landkreis Zwickau die Zahl 28 auf seinen Autokennzeichen verboten hat. Die 28 stünde für den zweiten und achten Buchstaben des ABC und sei somit ein Code für das rechtsextreme Netzwerk "Blood & Honour". Doch dabei sollte es nicht bleiben: Zwickau zog, politisch, sprachlich korrekt, weitere Zahlen- und Buchstabenkombinationen aus dem Verkehr und stand nicht allein da.

Ein Blick über die Grenze ins nahegelegene Ösiland ergab, dass auch dort Veränderungen anstanden. Nazi-Code allenthalben. Es war höchste Zeit, der braunen Flut Einhalt zu gebieten.

Dem österreichischen Unternehmer Andreas Herrnegger aus Kartitsch flatterte ein Schreiben ins Haus. Er erfuhr, dass seine rein gewerblich genutzten Wunschkennzeichen, die von AH 1 bis AH 7 durchnummeriert waren, nach Ende der 15-Jahresfrist zwischen Ende Dezember 2017 und Anfang Januar 2018 für seine Lkw auslaufen sollten. Ein Antrag auf neuerliche Zuweisung eines Wunschkennzeichens oblag der Zulassungsstelle der Behörde, die ihn elegant abblitzen ließ. Man habe ihm mitgeteilt, dass dies nicht mehr zulässig sei.

Grund dafür: Im ÖSI-Verkehrsministerium wurde eine Verbotsliste erarbeitet. Im Jahr 2015 gab es diesbezüglich eine Änderung des Kraftfahrgesetzes (KFG), die lächerliche oder anstößige Wunschkennzeichen verhindern soll. Dabei ging es zum größten Teil um Buchstabenfolgen und Zifferncodes, die man dem rechtsextremistischen Lager zuordnet. Auch die Buchstabenkombination AH wie Adolf Hitler war auf dieser „Schwarzen Liste" zu finden. Fatale Buchstaben für Andreas Herrnegger. Seine anderen Wunschkennzeichen AH 8 bis AH 12 durfte der Mann zumindest bis 2030 behalten, da diese noch vor der Gesetzesänderung im Jahr 2015 bewilligt wurden.

Wir können viel von den politisch korrekten Ösis lernen. Die Tatsache, dass der politisch korrekt programmierte Deutsche bereits bei der Namensnennung Hitlers reiß aus nimmt, ganz wie der Teufel beim Weihwasser, ließ uns nahezu zwangsläufig die „Aktionsfront gegen Adolf" (AgA) ins Leben rufen. Machen wir uns nichts vor: Adolf steckt einfach überall. In Hamburg entdeckte unlängst einer unserer Aktivisten, dass dort ein Karussellauto mit dem Kennzeichen "HH 88" versehen war, was bekanntlich im Nazi-Code gleich zweimal für "Heil Hitler" steht.

Allein der Gedanke, dass die Hamburger seit Jahrzehnten mit dem "HH" öffentlich den Hitlergruß in die Welt fahren, ließ unsere Aktivisten erschauern. Einmal Hanseat – immer Nazi.

Die Kennzeichen "H" (Heil), "HA" (Heil Adolf) und HD (Heil Deutschland) beinhalten rechtsextremes Gefahrenpotenzial ungeahnten Ausmaßes. Aber auch die scheinbar harmlosen Buchstabenkombinationen EB (Eva Braun), ES (Ernst Sorger), BM (Benito Mussolini), FF (Fritz Freitag), JG (Joseph Goebbels), HG (Herrmann Goering), IK (Ilse Koch), LC (Leonardo Conti), RH (Rudolf Hess), RQ (Rudolf Querner), BR (Bernhard Rust), TO (Theodor Oppermann), HV

(Hans Volk), WK (Werner Keitel), ZL (Zarah Lean-
der). NSDAP und SS erschienen uns generell als un-
vertretbar. Insofern war es für uns nur angemessen,
Nägel mit Köpfen zu machen und diese vermaledeiten
Buchstaben (A, B, C, D, E, F, G, H, I, J, K, L, M, N,
O, P, Q, R, S, T, V, W, Z im Alleingang aus der deutschen Sprache zu entfernen. Nur so ließ sich das Nazi-
Unwesen in der deutschen Fascho-Sprache mit
Stumpf und Stiel ausrotten. Somit blieben als vorerst
unbedenklich nur die Buchstaben U X Y.
Künftig wird, wenn unsere Vorschläge im Reichstag
und der EU auf offene Ohren treffen, jeder, der sich
der Nazi-Buchstaben bedient, mit Einzug seiner Ver-
mögenswerte und lebenslanger Lagerverwahrung vertraut machen müssen. Aber es soll niemand sagen,
dass wir die Unbelehrbaren nicht gewarnt hätten. Wer
nicht hören/lesen will, wird künftig fühlen müssen.
Wir für unseren Teil sind konsequent, ändern ab jetzt
unsere Schriftsprache und schicken im Anschluss unsere politisch korrekt abgefasste Petition ab.

UXY UXYX UX.

UXY UXY UXY!

UXY UXY UXY UXY UXY UXY UXY UXY UXY!
YXU?
XUU YYY UUU YYY XXX!
UXY UXY UXY UXY UXY UXY UXY UXY...

UXY UX UX

XXX

Haben Sie schon den Stuck gesehen?

Die Nachricht erreichte uns diskret und unauffällig in Form eines Textes auf dem telefonischen Anrufab- schreckers im Hause Boss. „Herzlichen Glückwunsch – wir verkaufen Ihre Wohnung. Sie haben zwar ein Vorkaufsrecht…aber wen juckt das schon?"

Es kam, wie es kommen musste und das in Form eines Herrn Radebrecher, der als Makler im Auftrag des Verkäufers sein Glück versuchte. Mit ihm erschien sukzessive eine kleine Armada von fremden Men- schen, angeblich allesamt Kaufinteressenten, die sich einen Überblick über den persönlichen Lebensbereich von Familie Boss verschaffen wollte.

Niemand mag Menschen, die quasi unaufgefordert und entsprechend unerwünscht in die Privatsphäre eindringen und ihre kleinen Schnuppernäschen in Dinge hineinstecken, die sie nichts angehen. So sahen das auch meine kleinen Hundekumpel Hades und Brutus, die ich mit Macht davon abhalten musste, ihre gut geratenen Zähne in die Waden des lästigen Volkes hineinzuschlagen. So hockte ich in meinem Lieblings- sessel, meine kleinen Wauzis strategisch gut rechts und links neben mir platziert, nippte an meinem Kaf- fee und gönnte den Eindringlingen distanzierte und gelegentlich unfreundliche Blicke.

Die beiden Kaninchen verfolgten das Geschehen aus ihrem sicheren Freigehege und beschlossen nach einer knappen Sekunde der Meinungsfindung, lieber auf Tauchstation zu gehen.

Radebrecher und Gefolge wieselten hin- und her und grassierten wie die Pestilenz in der Privatgemächern der Familie Boss. Zur Strafe bekam sie keinen Kaffee. Da bin ich eigen.

Ich hatte inzwischen das Internet inspiziert und war vom Glauben abgefallen, als sich mir der angedachte Verkaufspreis unseres kleinen Mietidylls offenbart hatte. Wir hatten uns seit mittlerweile 10 Jahren einen Dauerstreit mit dem investitionsunwilligen Vermieterlingen gegönnt, die zwar mit Mieterhöhungen gern, mit notwendigen Sanierungsmaßnahmen hingegen höchstens homöopathischen Engagements bei der Sache gewesen waren. Und da lag für den lästigen kleinen Kerl aus dem Maklergewerbe die Crux. Der Reparaturstau am Haus war gigantisch.

Das Akademiker-Viertel, in dem es sich befindet, weist ausschließlich hübsche Altbauten, die gegen 1900 entstanden waren, auf. Alle haben Balkone, hübsche Gartenparzellen, gepflegte Eingänge und vieles mehr. Abgesehen von einem einzigen Haus - dem, in dem wir unser Domizil haben. Die gängigen Fernseh-Formate wie: „Das Horrorhaus", die „Groschengrab-Immobilien" oder vielleicht auch „Flodder-Spezial" kamen der Sache nahe.

Wir hatten strategisch kluge Plätze gewählt, um die Invasion der Interessenten zu observieren. Man weiß ja nie, ob nicht irgendwer Dinge dazustellt, die man nicht haben möchte.

„Wie alt ist denn die Therme?" erkundigte sich ein griesgrämiger Herr fortgeschrittenen Alters.

„Rund 30 Jahre. Die dienstälteste Therme im ganzen Haus", erfuhr er von unserem Terrorkrümel-Nachwuchs, die nur zu gern ins Gespräch einstieg.

Er brummelte und schlenderte weiter.

„Haben Sie denn schon den Stuck gesehen?" ertönte es von hinten und Radebrecher trat auf den Plan. „Den schönen Stuck?"

In der Tat...wir haben Stuck. In insgesamt 2 Räumen. Ein Viertel davon war sogar überarbeitet worden, nachdem die nette alte Dame aus dem Stock über uns in einem Anfall von demenzbedingter Lustigkeit morgens um 05.00 Uhr das Haus bis ins Erdgeschoss geflutet hatte. Wir hatten die Flutkatastrophe rechtzeitig bemerkt und das Haus vor dem GAU bewahrt. Der Dank? Keiner.

Monatelang hatten die Entwässungsgeräte gerattert, gedröhnt und allenthalben für die Verbreitung spaßiger, pelziger Schimmelsporen gesorgt, die vorübergehend sogar den Bilderrahmen ein flauschiges Meerschweinchenpelz-Dekors beschert hatten. Das Bad ohne Fenster hatte die Fugen eigenständig mit einem gescheckten Grau verschönt und in der Küche hatten vorübergehend Teile des Fußbodens interessante Einblicke in die Kowalski-Wohnung unter uns geboten. Es verbindet ungemein, wenn man sich morgens beim Kaffeekochen fröhlich zuwinken kann, statt umständlich die Treppe benutzen zu müssen. Natürlich informierten wir alle Besuche darüber und genossen die schreckensgeweiteten Augen Radebrechers.

„Haben Sie denn schon nach oben gesehen? Stuck. Ganz toller Stuck! Filigran! Wunderschön."

Den Stuck hatte niemand gewürdigt, die alten elektrischen Leitungen schon. Manche stehen eben auf „Shabby". Ebenso „Shabby" waren der nasse, muffige Keller, ebenfalls mit Pelzdekors, die bröckelnde Fassade, die uralten, laut Radebrecher guten und neuen Fenster, das Treppenhaus mit den durchgelatschten Stiegen und wackligen Handläufen, die streikende Treppenhausbeleuchtung, das Fenster, das bei Wind aus dem Rahmen sprang und die prä-babylonische

Sicherungsanlage in unserem Flur. Über das Dach schwieg man sich aus. Immerhin war es ja vorhanden.

„Gefällt Ihnen denn der Stuck?" plapperte Radebrecher und hüpfte im Kreis um ein kleines Grüppchen Fremder herum, die kritische Blicke aus den Fenstern warfen, um das allgemeine Umfeld zu beäugen. Die Begeisterung stand ihnen nicht wirklich ins Gesicht geschrieben. Nach gut zwei Stunden war der Spuk vorbei und Radebrecher verabschiedete das mürrische Volk und begleitete sie nach unten. Vielleicht hätte er den Handlauf nicht berühren sollen, der immer abfiel. Und so sprang auch er voller Panik abwärts, um bis zum Knie in den morschen Dielen zu versinken.

„Stuck", röchelte er und zeigte gen Decke. Aber das Treppenhaus wies keinen auf. Ich schloss mich der Gruppe an, um beim EDEKA ein paar Beruhigungsbierchen zu kaufen. Draußen bohrte gerade einer unserer Besucher mit dem Zeigefinger Löcher in den bröckelnden Sockel unseres kleinen Slums. Als ich beim Discounter meine Bierauswahl zusammengestellt hatte, schien es mir, als ob ich intensiver als sonst gemustert würde und hörte leise Zischeln.

„Das ist der Mann mit dem Stuck", wisperte es. Ich reckte mich, fühlte neue Körperspannung in mir aufkommen, schnappte mir kurzerhand noch eine Flasche Whiskey und sonnte mich im Glanz der allgemeinen Anerkennung. Denn ich war der Mann mit dem Stuck. So nutzte ich das Vorkaufsrecht und bin nun selbst Eigentümer des Stuck-Idylls und Radebrecher bekommt keine Courtage wg. Eigenkaufs. Endlich habe ich *eigenen* Stuck. In der maroden Wackelhütte. Ich IDIOT! Verdammt…welcher Teufel hat mich bloß geritten? Und alles bloß wegen dem Stuck.

Spam

Ich habe nicht generell etwas gegen Spam. Gut…ich mag das Zeugs nicht wirklich. Irgendwie ist Spam englische Wurst in Dosen. Und machen wir uns mal nichts vor: Engländer können einfach keine Wurst. Total unfähig. Selbst dänische Würstchen sind eine Offenbarung gegen diese merkwürdigen Sojapamps-Fetthybriden aus einer der trostlosesten Kochkulturen des Planeten.

Nun ja…Engländer können auch kein Brot. Und bei Kuchen sind sie eher unterdurchschnittlich. Käse? Gelegentlich ein paar Ausreißer. Also nichts mit hoher Kochkunst. Fish and Chips stehen hoch im Kurs. Aber das kann Käpten Iglo mindestens ebenso gut. Die Inseläffchen können höchstens Minz-Soße nehmen, um armen Schafen auch noch die Zeit mach dem Ableben auf dem Teller zu versauen. Frank Zappa hat es damals voll auf den Punkt gebracht: *„Lord have mercy on the people in England, for the terrible food, these people must eat!"*

Die geneigte Leserschaft ahnt: Es geht um Küche. Oder vielleicht doch nicht? Nein…geht es nicht.

Die Sorte von Spam, über die ich mich wirklich aufrege, ist weder in meinem Kühlschrank geschweige denn auf meinem Teller. Spam ist in meinem Rechner. Er findet mit untrüglicher Sicherheit seinen Weg in meine Postkiste an und verbastelt mir die Laune. Die Sichtung der Lieferung des frühen Vormittags brachte wieder Spannung in mein langweiliges Leben. Was hatte denn das Schicksal heut für mich auf Lager? Ich klickte meine Mailbox an und hatte Anette sei Dank schon den ersten Volltreffer. Ich las:

.

Der Support sendete mir deine Details über die Akti-
vierung der neuen Software. Würdest du interessiert
sein den neuen Monat mit €15,000 Profit zu starten?
Die besten Trader der Trading Community haben es
immer gewusst und werden dir helfen über €15,000 zu
verdienen ohne was von dir zu wollen.
Schnapp dir jetzt den kostenlosen SICHERE GEWIN-
NE! Greif dir den Zugang!
http://tracking.binarypromos.com/aff_c?offer_id=250
8&aff_id=8996 (Spezial Zugangslink für boss@b-b-
boss.de)

P.s. Es zeigt dir eine ganz einfache Schritt für Schritt
Anleitung wie du aus 15,000 aus 200 machst.

anette brigel. jpg Anette Brigel, Berlin

Ich zweifelte, obwohl ich mich sehr freute, dass sich
Anette Brigel so ungeheure Sorgen um meine Finan-
zen machte und mir hilfreich zur Seite stehen wollte.
(Ohne etwas von mir zu wollen). Da ich noch zu skep-
tisch war, gönnte ich mir die nächste Nachricht von
Günther.

Hallo Leidensgenosse,

hier erhältst du dein Gratis-Testpaket um endlich
wieder einen hoch zu bekommen: » Hier klicken und
Testpaket anfordern.
Du kannst alles risiko- und kostenfrei testen. Über-
zeuge dich selbst: Testpaket hier anfordern.

Wenn dir das nicht helfen sollte, kannst du es ganz einfach wieder zurücksenden (natürlich auch die angebrochene Packung).

Viele Grüße

Günther

Das Konto in Russland für dem Empfang meiner per Vorkasse zu entrichtenden Kosten für die anstehenden nächtlichen Glückseligkeiten irritierte mich und ich beschloss, vorerst keinen Gebrach davon zu machen. Bei aller Wertschätzung für meinen „Leidensgenossen" Günther wollte ich doch lieber vorsichtig sein. Was bot sich mir als nächstes? Ich öffnete und las:

Mein Name ist Sean H, Direktor und CIO der AMP Capital Multi-Asset Group.

Ich schreibe heimlich, um Sie wissen zu lassen, dass ein Kunde bei meiner Bank, Andrew, gestorben ist und eine Anzahlung von 18 Millionen Dollar auf seinem Konto bei meiner Bank hinterließ, ohne dass ein überlebender Verwandter das Geld erbte. Sein Konto in meiner Bank ist derzeit gesperrt. Jetzt will meine Bank die nicht beanspruchten 18 Millionen US-Dollar bis Ende nächsten Monats in die Schatzkammer der australischen Regierung zurückgeben.
Ich bin Leiter der Abteilung meiner Bank, die nach einem überlebenden Verwandten des toten Kunden gesucht hat, um das Geld für über 10 Jahre ohne Erfolg zu erben. Ich habe entdeckt, dass ihr beide einen ähnlichen Nachnamen habt. Also, ich möchte dem Gesetz von Australien und dem Bankwesen folgen und

dich zum einzigen überlebenden Verwandten des toten Kunden machen, um dieses Geld bei meiner Bank zu erben. Ich habe sorgfältig alle rechtlichen und bankrechtlichen Vereinbarungen getroffen.
Es ist streng geheim. Ich würde eine Antwort nur erwarten, wenn Sie interessiert sind

Sean.

Heureka! Das war es. Nicht kleckern, sondern klotzen. Wer in aller Welt mochte Andrew wohl sein? Egal. Und so antworte ich frisch, fromm, fröhlich und frei:

Lieber Sean.

Meine Familie hat sich schon seit langem gefragt, wohin es Onkel Andrew wohl verschlagen haben mag. Umso mehr freuen wir uns bei dem traurigen Hintergrund, Gewissheit zu haben, dass er es zu Reichtum gebracht und sicherlich ein angenehmes Leben gehabt haben sollte.

Wir freuen uns auf die Überweisung der 18 Mio. Dollar, sind aber auch mit einem Scheck einverstanden.

Mit freundlichen Grüße

Boss

Kurz darauf kam eine Antwort von Sean. Er gratulierte mir höflich und bat um eine Vorab-Zahlung meinerseits in Höhe von 10.000 Dollar, um den Vorgang abschließen zu können. Schließlich gab es Erbschaftssteuer, Bearbeitungskosten etc. Und so schrieb ich:

116

Lieber Sean.

Ich habe befürchtet, dass Kosten entstehen könnten. Aber in Anbetracht der 18 Millionen Dollar erscheint es mir nachvollziehbar und sinnvoll. Daher schlage ich vor, die Kosten einfach in Abzug zu bringen und mir 17,99 Millionen zu überweisen. Das ist der schnellste Weg für alle Beteiligten.

Mit freundlichen Grüßen

Boss

Mittlerweile schien sich meine entgegenkommende Art international herumgesprochen zu haben. Ich bekam eine Mail aus Burundi von Herrn N'Bingo Caramba. Ich sollte gegen ein fürstliches Honorar von 20% einem Diplomaten dabei helfen, 10 Tonnen Gold in die Schweiz zu leiten. Die Transaktion war zu 100% risikolos und legal. Ich habe Edelmetall schon immer gemocht, insbesondere Gold. Und zwei Tonnen davon reizten mich durchaus.

Mein zu erwartender Reichtum nahm Formen an. Ich war hochmotiviert und bat um Details. Für eine kleine Bearbeitungspauschale von 50.000 Dollar wäre ich über kurz oder kürzer der Eigentümer von zwei Tonnen glänzenden Goldes. Ich freute mich bereits auf den ganzen, glänzenden Segen. Und auch das Angebot von General Lumumba aus Kamerun (Rohdiamanten), Minister Abdallah Bongo aus Liberia (Rohöl), Herrn Piet van der Baas aus Sierra Leone (ebenfalls Rohdiamanten) und Fräulein Smith aus Südafrika (Elfenbein) klangen reizvoll. Nur bei Fräulein Smith war ich nicht geneigt. Ich mag Elefanten und kann so etwas nicht billigen.

Derweil hatte sich Sean wieder in meine Postkiste geschlichen und fragte, wann er mit meinem Geld rechnen könne? Er verwies auf Dringlichkeit und bat um meine Telefonnummer und meine Bankverbindung. Ich schickte ihn statt meiner die Nummer der schweizerischen Staatsbank und bekam kurz darauf Post von einem etwas pikiert wirkenden Sean. Er habe dort durchgerufen und erfahren, dass ich völlig unbekannt sei. Außerdem habe man vor einem dubiosen Kontakt wie dem meinen gewarnt und zur Vorsicht geraten. Daher bezweifelte Sean *meine* Authentizität. Wie könne er sicher sein, dass ICH wirklich ICH sei? Meine Gegenfrage, wie ICH sicher sein könne, dass ER wirklich ER sei, ließ die Unterhaltung ein wenig stocken. Inzwischen hatte ich die Kosten meiner diversen Engagements überschlagen und war bei 250.000 Dollar gesamt, die ich nicht hatte, angelangt. Sean schrieb mir erneut und wies darauf hin, dass es ohne Vertrauen nicht ginge, weshalb ihm Glauben schenken solle. Ich bin mir nach reiflicher Überlegung sicher, dass alles rechtlich einwandfrei ist. Daher biete Ich Euch, meinen getreuen Lesern, auf der Basis von korrekter Beuteteilung, ein Venture an: Ihr schickt mir pro Nase einfach 10.000 Dollar, ich leite es weiter und in ein paar Tagen sind wir alle reich. 30 von Euch haben bereits zugeschlagen. Vielen Dank fürs Vertrauen. Wir sehen uns dann auf einen Cocktail auf meiner Yacht irgendwo vor den Bermudas. Vertraut mir einfach. Alles wird gut. Sean sagt das auch. Cheerio.

Euer Boss.

Mensa-Essen...korrekt und lecker

Nur wenige hundert Meter vom Boss-Domiziel befindet sich die Universität mit angegliederter Mensa. Und ab und zu muss es einfach sein. Gutes, schlickiges Mensa-Essen ganz wie damals in Gesellschaft der künftigen geistigen Überflieger des Landes hält jung. Mens sana in corpore sano...gesunder Geist in einem gesunden Körper - so lautet die Maxime. Nur am Freitag gilt dieser Ausspruch mit durchaus relvanten Einschränkungen, denn Freitag ist Fischtag.

Die Mensa erwirbt ihn bei einem bekannten Großhandel günstigst. Da ein alter Studienkollege vom Boss in dem Laden in führender Position gelandet ist, gelten dessen Warnungen vor der vollmundig duftenden, gut abgelagerten Delikatesse aus den Weltmeeren als beachtenswert. Einmal in verdünntem Chlorreiniger gebadet und anschließend mit frischem Eis bedeckt, entdeckt man erst beim Braten, wenn das intensive Aroma durch die Gassen zieht, was da wieder auf dem Teller gelandet ist. Der Mensa-Küchenchef weiß das Sonderangebot der glitschigen Altware jenseits des Verfallsdatums wohl zu schätzen, verbessert es doch seine knappen Kalkulationen um Längen. Und ich weiß, warum ich dankend Abstand nehme.

Wieder einmal war es soweit. Mir stand der Sinn nach einer eher winterlichen Leckerei. Der Mensa-Braunkohl nebst Kasseler, Bregenwurst und Kartoffeln genoss einen gewissen Ruhm. So stand ich der langen Schlange und harrte der fettigen Köstlichkeit. Umso größer war meine Enttäuschung, als ich erfuhr: „Gibt's nicht!"

Die Küchenhilfe im buntbekleckerten Kittel mit Haaren bis zum Arsch und Fusselbart schnodderte in ein Spültuch, das noch schmuddeliger als sein Kittel war.

„Wie jetzt - haben wir nicht?" empörte ich mich.

Der Studiosus irgendeines dubiosen Studienganges wie auf ein Schild oberhalb der Essensausgabe.

„Kampf dem Rassismus!"

Hier wird politisch korrekt gegessen!

Das Bundestoleranzministerium

„Braunkohl dürfen wir nicht mehr", erklärte die Hilfskraft. „Das ist politisch nicht korrekt. Und außerdem klingt es irgendwie nazimäßig.

„Dann nennt das Zeugs doch einfach Grünkohl, Ihr Vollhonks!" fluchte ich. „Und was ist mit Kasseler und Bregenwurst?"

„Geht überhaupt nicht. Schweinefleisch ist no go. Dadurch diskriminieren wir unsere islamischen Studenten", kommentierte mein Gesprächspartner mit einer hochgezogenen Augenbraue und missbilligendem Blick. Dass ICH dadurch unterdrückt und diskriminiert wurde, ging diesem Vogel offensichtlich an seinen bestimmt buschigen Arschhaaren vorbei.

Hinter ihm stand an einer stählernen Arbeitsplatte ein anderer Fusselbart und schredderte Grünpflanzen durch einen Entsafter und produzierte eine grünlich schimmernde Entengrütze voller Blubberblasen.

„Und das da?" fragte ich auf die Gülle deutend.

„Das ist vegan!" kam die Antwort.

„Das ist es. Und es ist BRAUNKOHL!" fluchte ich.

„Grünkohl. Für Smoothies ist er erlaubt", stellte der ASTA-Vegan-Terrorist und Wurzelsepp fest. Ich hasste ihn bereits aus tiefster Seele.

„Ihr habt ja voll das Rad ab. Dann eben ein Zigeunerschnitzel", verlangte ich. Noch während ich meine Worte aussprach, traf mich die Erkenntnis, was jetzt folgen würde, wie ein Keulenhieb.

„Ziegeunerschnitzel, wie?" traf mich der verabscheuende Kommentar in Tateinhergang mit einem erneuten, vernichtendem Blick. **„Zigeunerschnitzel?"** Fusselbart spuckte das Wort aus wie einen Kaktus. Der Vortrag über diskriminierte Sinti und Roma dauerte dann knappe fünf Minuten. Hinter mir rottete sich bereits ein Mob von kleinen, schwarzgekleideten Antifa-Pickelgesichtern zusammen.

„Verdammt!" fluchte ich. „Einen Burger!"

„Na…geht doch!" kam die Antwort aus zusammengekniffenen, bläulich-blutleeren Lippen.

Erleichterung ging durch die Menge. Anscheinend hatte der alte Faschist jetzt begriffen, worum es ging. Der vegane Linksextremist stellte einen Teller vor mich und blickte mich erwartungsvoll an.

„Was zur Hölle ist DAS?" protestierte ich ungläubig.

„TOFU-Burger", kam die Antwort. „Vegan."

Wie wir alle wissen: Echte Männer essen keinen TOFU. Never ever. Und genau DAS sagte ich dem Sojabohnenpupser eindeutig.

„Ist irgendwas nicht in Ordnung?" fragte eine Stimme hinter mir und eine Hand legte sich auf meine Schulter. Ich drehte mich um und starrte zuerst ins Leere. Dann blickte ich nach unten.

Ein 160 cm kleiner Winzling ohne Muskeln und Hirn, dafür aber mit einer blühenden Pickelwiese auf dem

Antlitz, Hipsterbärtchen und schwarzem Shirt versuchte, sich bedrohlich aufzubauen. Ein erfolgloses Unterfangen. Ich war nicht beeindruckt.

„Wenn er Dir so gut gefällt, dann iss Du ihn doch selbst, Du Milchsemmel!"

Eine Rotte kleiner schwarzgekleideter Bübchen hatte sich mittlerweile entschlossen, mich zu umzingeln. Gemeinschaft macht stark.

Nun gut - ich bin nicht stolz auf das, was sich dann alles ereignete. Leider kann ich davon auch nicht am heimischen Herd berichten, weil „Perfekt Wife" der Meinung ist, dass sich mit Gewalt keine Probleme lösen lassen. Ich bin da fallspezifisch anderer Meinung. Innerlich erfüllt es mich jedenfalls noch immer mit einer gewissen Befriedigung. Ein UFO-ähnlich fliegender Burger und eine große Kanne Grünkohl-Smoothie spielten dabei sicherlich eine gewisse Rolle. Es kam zu einer Schlacht – und nicht nur einer Essenschlacht. Ich bekam spontan Verbündete. All die gequälten Professoren und Dozenten, die man seit Monaten mit dem Mist traktiert hatte, warfen sich wie ein Mann zu meiner Unterstützung ins Getümmel. Und da war er wieder, der gute, alte nordeuropäische Geist wikingischer und keltischer Vorfahren, der sich seinen Weg bahnte und in reinster Berserkerwut die Tyrannei der vegan-antirassistischen Doktrin kleiner Milchbubis wegspülte wie eine 20-Meter-Welle den Deich. Echte Männer saufen Met und Bier, mögen große gegrillte Teile toter Tiere und raufen sich gelegentlich. Seitdem wir diese schönen Bräuche wieder pflegen, hat sich der Speiseplan in unserer schönen Mensa wieder grundlegend verändert. Es geht doch. Und darauf ein Bier. Prost.

Forget Moamett

Es war wieder einmal an der Zeit für eine Garten-party bei Müller, meinem Tischtennis-Kollege von Anno Tobak. Müller hatte es zu etwas gebracht: Als Abteilungsleiter Forschung für einen internationalen Biotechnologie-Konzerns verfügte er über schier unerschöpfliche Mittel für die Haus- und Hofgestaltung. Kumpel „Gülle-Müller" hatte auf seinem gutshofähnlichen Anwesen groß aufgefahren und seinen handgefertigten Spezial-Smoker von der Größe eines Mittelklassewagens angefeuert. Die Grillmaschine brutzelte und räucherte seit 06.00 Uhr in der Frühe fröhlich vor sich hin und wir alle harrten voller Freude der Delikatessen, die da kommen sollten.

„Was mag da wohl drin sein?" murmelte ich, während ich an meinem frischgezapften Obergärigen süffelte, die Nase an den Grill hielt, vorsichtig Aromen aufnahm und es mit einer olfaktorischen Analyse versuchte. Um mich herum waren weitere Neugierige versammelt und mutmaßten vor sich hin.

Rind? Schwein? Nein…irgendwie anders. Aber es roch wirklich lecker. Ein Exote wie Krokodil oder vielleicht Känguru? Tapir? Nashorn? Panda? Groß genug war er ja, der Grill.

„Wehe, wenn Müller was aus TOFU getöpfert hat", spöttelte es aus dem Randbereich der Neugierigen.

„Da kommt Ihr nie drauf", ertönte Müllers Stimme direkt hinter uns. „Lasst Euch einfach überraschen."

„Komm, gib mal ‚nen Tipp", versuchte ich ihn zu überreden. „Riecht echt ungewöhnlich lecker!"

„Kommt nicht in die Tüte", erwiderte Müller mit dem triumphierenden Grinsen eines Gastgebers, der mit seiner Party das Haus rockte.

„Geduld", sprach Müller selbstgefällig und sonnte sich in innerem Glanz. „Ein paar Minuten müsst Ihr schon noch warten.

Müller kontrollierte das Thermometer.

„Kerntemperatur 65 Grad. Optimal", kommentierte er, öffnete die vordere Brennkammer einen Spalt und warf ein paar Handvoll nasse Zedernholzchips hinein. Dann nahm er einen Bratenwender, stocherte kurz in der Glut und kloppte er einem vor-witzigen Gast, der von Neugier getrieben versucht hatte, die große Klappe zu öffnen, auf die Pfoten.

„Finger wech!" motzte er und sicherte den Smoker mit einem fetten Vorhängeschloss. „Ab in den Pool mit Euch. Ich rufe dann, wenn es fertig ist."

So ein 20-Meter Pool ist schon was Feines. Mit einem kühlen Bierchen auf einer aufblasbaren Plastik-Palmen-Insel im kühlen Nass zu dümpeln – das Leben konnte kaum schöner sein.

Es dengelte laut. Müller kloppte energisch auf einer monströsen Triangel herum und verkündete, dass das Essen fertig sei. Die Meute entschwand dem Pool. Man trocknete sich ab und steuerte auf die Quelle eines unbeschreiblichen Wohlgeruchs zu. Doch wie groß war meine Enttäuschung, als ich auf eine große Platte voller Hamburger mit Fusselfleisch starrte. Auch die anderen waren perplex.

„Machste Diät, Müller?" fragte ich ungläubig.

„Jungs! Klappe halten! Probieren!" kam als Antwort.

Ich griff mir ein Pulled-Zeugs-Brötchen, biss hinein, kaute - und dann überflutete ein unbeschreiblich geniales Aroma meinen Gaumen und umschmeichelte jede meiner Geschmacksknospen. Es war göttlich.

„Oh mein Gott!" entfuhr es mir. „Müller, Du Grillgott. WAS ist das?"

Auch der Rest der Meute kaute versonnen auf den Hackbrötchen der besonderen Art herum und genoss. „Frische Brötchen nach eigenem Rezept, Gürkchen, Tomaten, Zwiebeln, Soße…kennt Ihr ja alles soweit. Wie Ihr sicher alle ahnt – das Geheimnis liegt im Fleisch begründet!"

Müller reichte einen Sektkühler und eine Schale voller Zettel und Kugelschreiber herum. Auf jedem Zettel waren diverse Ankreuz-Kringel und Zahlen von eins bis sechs gedruckt.

„Liebe Gäste. Ich bitte um Eure Bewertung. Aroma, Saftigkeit u.s.w. – eins ist mies…sechs ist perfekt. Als ganz wie damals in der Penne…nur umgekehrt."

Wir machten treu und brav unsere Kreuzchen und warfen die zusammengeknifften Zettel in den noblen Metallpott.

„Äußerst lecker" ertönte es allenthalben. „Nur mengenmäßig etwas unbefriedigend."

„Nun mal keine Panik, Herrschaften", feixte Müller und öffnete mit weit ausladender, triumphalen Geste den Smoker. Und da lag er vor uns…der Braten der Superlative. „Et voila!"

Es musste ein Teilchen von mindestens 50 Kilochen gewesen sein. Allen hing der Unterkiefer herunter. Der Form nach war es weder Schwein noch Rind. Es war Geflügel,

„Strauß?" fragte ich nach.

„Viel zu mickrig", kam Müllers Antwort. „Das hier sind insgesamt 85 Kilo leckerster Vogel. Und das ist eins von den kleinen Exemplaren."

Wir alle waren im Grillparadies und stürzten uns auf das köstlichste Fleisch, das wir jemals gegessen haben. Der Flattermann war einfach nur riesig. Und lecker. Riesig lecker.

Müllers Forschungsgruppe war ein kleines Wunder gelungen. Wie in Jurassic-Park hatten sie Genmaterial gefunden, gesichert, extrahiert und wieder zum Leben erweckt. Eine seit Jahrhunderten ausgestorbene Lebensform war zurückgekehrt.

„Kommt mal mit, Jungs", forderte uns Müller auf und führte uns zu einem Nebengebäude. Dann öffnete er die Tür.

„Wenn ich vorstellen darf: Morticia!"

Ein gigantischer Vogel, größer als BIBO aus der Sesamstraße, drehte seine Runden wie ein Rennpferd.

„Grundgütiger! Was ist das?" keuchte ich.

„Das, meine Freunde, ist ein Moa. Und das ist nur das kleinere Weibchen."

Es schepperte und aus einer Art Nest am Boden erhob sich ein zweieinhalb Meter großes Ungeheuer.

„Lasst uns besser schnell weg. Mortimer hat schlechte Laune", stellte Müller unruhig fest, drängte uns hinaus und schlug die Tür zu, während drinnen ein Tumult entstand. 220 Kilo Mortimer traktierten die Tür mit Schnabelhieben und Fußtritten, dass das Holz nur so splitterte. Wir wischten uns den Angstschweiß von der Stirn – und dann bestellte jeder mindestens einen je einen Hahn für den Tiefkühler.

Ein paar Tage später platzte der Traum. Müller rief an und teilte uns mit, dass das Projekt „Moamett" nach dem Protest der Rinder- und Schweinezüchter-Lobby geplatzt sei. Die wirtschaftlichen Verluste wären zu groß gewesen. Also mischte sich die Regierung ein und damit war blieb alles wie gehabt: Schweinemett statt Moamett. So bleibt uns leider nur die Hoffnung auf eine leckere Zukunft und bis dahin:

„Forget „Moamett"!

Vegane Freude

Der Veganer isst Gemüse
Nicht weil er es gerne tut
Bei den garstig bösen Blicken
Seiner Liebsten flieht der Mut

Heute gibt es wieder Tofu
Der ihm ganz und gar nicht schmeckt
Grässlich findet er das Rübchen
An dem er gerade schleckt

Seine Liebste ist zufrieden
Gut hat sie den Kerl dressiert
Scheißegal was Männer lieben
Hauptsache, „Mann" funktioniert

Rote Beete, grüne Gurken
Hafer und Getreidebrei
Weder satt oder zufrieden
Tönt des Magens Wutgeschrei

Smoothies stehen auf der Tafel
Aus Spinat und grünem Kohl
Beim Gedanken an die Gülle
Ist ihm ganz und gar nicht wohl

Er liebt Braten, Schinken, Würste
Möchte gerne Schnitzel futtern
Auch ein Steak von tausend Grämmchen
Ganz wie damals, wie bei Muttern

Doch die Liebste hat's verboten
Fleisch ist unrein und macht krank

Nur vegan lebt es sich glücklich
Und es macht zudem noch schlank

Selbst der kleine Hund der beiden
Kriegt nur Reis in seinen Schlund
Frauchen ist sich völlig sicher
Dieser Hund lebt nun gesund

Schluss ist mit des Bettes Freuden
Er ist nicht vegan, sein Lümmel
Darum muss allein er rödeln
Darf nie wieder ins Getümmel

Gut dressiert sind alle beide
Herrchen und der kleine Hund
Beide haben keine Eier
Kein Protest kommt aus dem Mund

Ein Veganer lebt nicht länger
Es kommt ihm nur länger vor
Auch Veganern schlägt die Stunde
Ab ins Grab, Du armer Tor

Nun liegt er in seinem Kistchen
Wäre gerne kompostiert
Aber er ist Madenfutter
Fleischkonsum hat triumphiert.

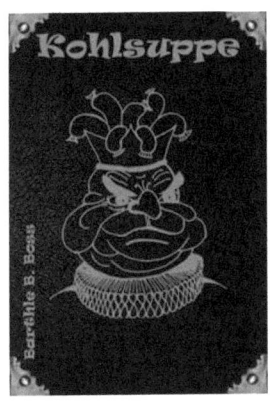

Die Reichshauptstadt Ogersheim wird belagert. Regent, Kanzler und Pfalzrat stehen einer alten Hinterlassenschaft der Ostlande hilflos gegenüber. Der berühmte Zauberer Aegidius und sein Lehrling Bernward ziehen aus, um das Reich zu retten. Doch alles nimmt einen anderen Verlauf als geplant.

Wer steckt hinter der Bedrohung? Welches Spiel treiben die Grafen Gerhard, Oskar und Rudolf? Was führen „die kleine M" und die Ost-Stapo im Schilde? Wie gefährlich können Zauberbücher sein? Was sind die beruflichen Perspektiven für Hexen? Wer wird den Wettstreit um das Kanzleramt gewinnen?

Es gibt nur einen Weg zu den Antworten: Lies das Buch!

„Ölfritten" ist nach „Kohlsuppe" der zweite Teil der Ogersheim-Trilogie und ein Zauberbuch politisch völlig inkorrekter Fantasy. Der Reichskanzler, vom Volke als Graf Ölkopf geschmäht, befindet sich im harten Kampf mit alten Freunden und neue Feinden. Die Interessen, denen er gerecht werden muss, sind vielfältig und kontrovers. Wieder kommt es zu einer Bedrohung durch ein magisches Relikt aus den Ostlanden, das schon zu Zeiten von „Eric dem Roten" berüchtigt war.

Und dann steht auch noch der Wettkampf um die Ogersheimer Wurstkrone vor der Tür.

Politik trifft auf Wirtschaft, Ostalgie auf Nostalgie, Zauberei auf Technik, Hochfinanz auf ahnungslose Bürger, die aktuellen Berichte der Stiftung Zaubertest verschönen das Leben und inmitten des Chaos versucht die durchtriebene „M", Reichskanzlerin anstelle des Reichskanzlers zu werden. Das Buch ist ein Feuerwerk aus rabenschwarzer Tinte und Unterhaltung pur von Alpha bis Omega.

Lies das Buch!

Goldbroiler ist nach „Kohlsuppe" und „Ölfritten" der finale Band der Ogersheim-Trilogie.

Die allseits unbeliebte Reichskanzlerin der Schmerzen und ihre Vasallen leisten ganze Arbeit. Merkwürdige Dinge passieren im Reich.
Was sind das nur für seltsame Leute in den merkwürdigen Nachthemden, die in Heerscharen das Reich heimsuchen? Wer ist der geheimnisvolle Barde, der kübelweise Hohn und Spott vergießt? Was haben die Hofzauberer der großen "M" geplant? Gibt es tatsächlich Krieg mit dem Zaren von "Borscht"? Es wird turbulent in Ogersheim. Der Rat wird akademisch. Und dann auch noch OSDS – Ogersheim sucht den Supersänger.

Das Buch bietet ein rasantes Finale und die Antwort auf die Frage: Wie rettet man das Reich und wird die „Große M" nebst ihre Vasallen wieder los?

Gallenextrakt

Was haben „Der schwedische Albtraum", „Malta sehen und sterben", „Hasenjagd", „Uschis Krabbel-
gruppe", „Lego Brutal", „Politisch korrektes Weihnachten" und „Sex'n Drugs'n Rock'n Roll" gemeinsam?
Sie sind ein Teil dieses Buches mit 32 miesen, fiesen,
kleinen, feinen und gemeinen Kurzgeschichten und
einem Lied aus der spitzen Giftfeder von Barthle B.
Boss.

Boshafte Unterhaltung vom Feinsten mit einer ordentlichen Spur Zersetzung und garantiertem
Spaßfaktor, eingelegt in bestem Gallenextrakt.

Wer das nicht liest…ist selbst schuld.